Corinna Sandberg

# Gestern war sie reich und glücklich

# Verbotene Nächte im Schloßhotel

Corinna Sandberg

# Gestern war sie reich und glücklich

... heute ist sie ganz allein

# Verbotene Nächte im Schloßhotel

Komteß Bianca hat ihre Grundsätze, doch dann ...

Concorde Verlag

ISBN 3-933448-03-4

Literarische Agentur Castra Batava
Titelbild: mauritius images / Superstock

# Gestern war sie reich und glücklich

## ... heute ist sie ganz allein

Am Montagnachmittag meldete Berthold einen Besucher bei der Prinzessin an. Angela hatte vom Fenster ihres Arbeitszimmers aus eine protzige Limousine im Schloßhof vorfahren sehen. Ein livrierter Chauffeur mit breiten Schultern, Boxernase und Lederhandschuhen hatte die Fondtür aufgerissen.

Den Mann, der der mit getönten Scheiben versehenen Limousine entstieg, sah die Prinzessin jetzt vor sich. Konsul h. c. Alexander Kranter, stand auf der Karte, die Berthold ihr überbracht hatte. Geschäftsführer und Alleininhaber der Kranter GmbH.

Alex Kranter hatte einen cremefarbenen Maßanzug an. Sein über der Stirn spärliches Haar wuchs lang in den Nacken. Angela bemerkte Schuppen auf seinem Kragen. Er hatte ein Aktenköfferchen mitgebracht.

Die Prinzessin schätzte ihn auf Mitte Vierzig bis Fünfzig. Er war groß und hatte ein fleischiges Gesicht mit wasserhellen Augen. Angela empfand eine spontane Abneigung gegen ihn. Abstoßend war das Wort, mit dem sie ihn charakterisiert hätte.

Der Diener war längst gegangen. Angela begrüßte den Besucher kühl und fragte ihn nach seinem Begehr. Sie hatte an diesem Tag bereits mit Peter Frohwein und mit Banken telefoniert. In ihrem im Schloßturm eingerichteten Designer-Atelier zu arbeiten war ihr aus Zeitnot bisher nicht möglich gewesen.

Die Prinzessin hatte ein schickes geblümtes Modellkleid an. Es war selbst entworfen. Eine Perlenkette und ein goldener Armreif waren ihr einziger Schmuck. Kranters Blick saugte sich auf eine unangenehme Art an ihr fest. Er klappte das Aktenköfferchen auf.

»Hoheit, ich schätze und verehre Sie, auch wenn Sie mich noch nicht persönlich kennen. Ich bin hier, um Ihnen ein großzügiges Angebot zu unterbreiten, das Sie schlagartig von allen materiellen Sorgen befreit und Sie in die Lage versetzt, ein Leben nach Ihren Wünschen zu führen.«

»Ich bin keine Hoheit«, belehrte ihn Angela. »Hoheit werden lediglich die Mitglieder regierender Häuser genannt. Wenn Sie mich titulieren wollen, dann bitte mit Durchlaucht. Was bringt Sie auf den Gedanken, daß ich Ihre Unterstützung brauchte?«

Kranter winkte ab.

»Ich stehe in geschäftlicher Verbindung mit Ihrem Vermögensverwalter, dem Baron von Leynhagen. Das heißt, jetzt werde ich diese Verbindung abbrechen. Sie hat sich als unergiebig erwiesen.«

Angela erinnerte sich an etwas. Die Holding-Gesellschaft, der sie einen Teil der Viertelmillion schuldete, gehörte Kranter. Bisher war die Firma für Angela nur ein Name auf dem Papier gewesen. Jetzt sah sie den Inhaber vor sich, und sie konnte nicht behaupten, daß sie das freute.

»Sprechen Sie weiter.«

Kranter machte sein Angebot. Er wußte genau über die Finanzlage von Prinzessin Angela Bescheid. Wie Angela aus seinen Worten heraushörte, hatte Baron Caspar die verlustreichsten Geschäfte auf sein Anraten hin getätigt. Alles war ganz legal vor sich gegangen – Kranter hatte den Baron auf raffinierte Weise hereingelegt. Die Hauptleidtragende dabei war Prinzessin Angela.

Jetzt bot er sich an, die Verbindlichkeiten zu regulieren, wie er es ausdrückte. Noch schwieg die Prinzessin, obwohl sie innerlich voller Zorn war über diesen üblen und unverschämten Menschen.

»Sie wollen also den Schönegg'schen Besitz und auch mich retten, Herr Konsul. Welches Land vertreten Sie denn in Ihrer Eigenschaft als Konsul?«

Kranter, einen Moment irritiert, nannte den Namen einer Bananenrepublik. Dort wußte man nicht einmal, was ein Konsul eigentlich ist.

»Was versprechen Sie sich von Ihrem Engagement?« fragte Prinzessin Angela. »Ein Geschäftsmann wie Sie erwartet doch immer eine Gegenleistung?«

»Ich fühle mich zu Höherem berufen«, gestand Kranter. »Ein Adelstitel wäre für mich die Erfüllung des Lebens und die Krönung meiner Laufbahn. Als ich von Ihrer Notlage erfuhr, bin ich sofort herbeigeeilt. Darf ich auf Ihr Entgegenkommen und ein wenig Sympathie von Ihrer Seite aus hoffen, Durchlaucht?«

»Worin sollte das bestehen?« fragte Angela sachlich.

»Nun, vielleicht könnten Sie sich für mich erwärmen. Ich bin ein reicher Mann, einer bezaubernden Prinzessin würde ich die Welt zu Füßen legen. Oder, falls Sie von meiner Person Abstand nehmen, würde sich vielleicht eine andere Möglichkeit finden, mich durch Sie in den Adelsstand einzusetzen.«

Angela war es, als habe eine schmutzige Hand sie angefaßt. Jetzt gebot sie ihrer Empörung keinen Einhalt mehr. Sie sprang auf.

»Hinaus, auf der Stelle hinaus! Was bilden Sie sich denn ein, Sie unverschämter, korrupter Mensch? Wenn ich Sie recht verstehe, soll ich Sie entweder heiraten oder adoptieren. Eins widerstrebt mir so sehr wie das andere. Zuerst haben Sie mich ins Unglück gebracht, indem Sie meinen Vermögensverwalter zu Geschäften verlockten, über die er keinen Überblick hatte. Die Details brauche ich nicht zu kennen. Nachdem ich Sie kennengelernt habe, weiß ich genug. Jetzt besitzen Sie die Frechheit, hier persönlich zu erscheinen und meinen Besitz – und auch noch meine Hand zu verlangen! Lieber würde ich Schloß Schönegg bis auf die Grundmauern niederbrennen, als es in Ihre Hände zu geben!«

Auch Kranter erhob sich. Sein Gesicht war bleich.

»Überlegen Sie sich gut, was Sie da sagen«, entgegnete er. »Seien Sie nicht zu stolz, Prinzessin. Denken Sie über mein Angebot nach. Sie können mich jederzeit erreichen.«

Firmen- und Privatnummer sowie Anschrift standen kleingedruckt auf seiner Karte.

»Sie können vielleicht über dubiose Mittelsmänner einen Konsultitel kaufen!« beschied die Prinzessin Kranter. »Mich, meinen Namen und das Schloß nicht! Niemals! Gehen Sie, ehe ich Sie hinauswerfen lasse!«

Kranter lachte hart.

»Ihr klappriger alter Diener wird mich kaum hinauswerfen können, Durchlaucht. Wie haben Sie sich das vorgestellt?«

Statt einer Antwort nahm Angela den Hörer von der Gabel und wählte den Notruf.

»Hallo«, sagte sie, als jemand sich meldete. »Hier ist Schloß Schönegg. Ich brauche die Polizei, das Überfallkommando, schnell!«

Kranter wich zur Tür zurück.

»Ich gehe.« Er wollte es nicht darauf ankommen lassen. »Überlegen Sie sich Ihre weiteren Schritte.«

Die Tür fiel hinter ihm ins Schloß. Angela wurde mit der Polizeistation verbunden. Sie wartete, bis Kranter vom Hof fuhr, und teilte dann mit daß sich der Grund ihres Anrufes erledigt habe. Sie entschuldigte sich für die Störung.

»Keine Ursache, Durchlaucht«, antwortete ihr der freundliche Beamte am anderen Ende. »Dazu sind wir da. Falls Sie den Freund und Helfer brauchen, wenden Sie sich nur an uns.«

»Danke!«

Angela legte auf und setzte sich nieder. Die Unterredung hatte sie mitgenommen. Ein Schlag folgte dem anderen. Daß ein Mensch wie Kranter es wagen konnte, sie auf diese Weise anzusprechen, war sehr schlimm. Angela überlegte. Seine Motive waren ihr klar.

Kranter wollte einen Adelstitel, möglichst den eines Fürsten. Daß er bei Einheirat vom Adel niemals

als gleichrangig anerkannt werden würde, störte ihn anscheinend nicht. Auf eine Eheschließung mit ihr liefen die Pläne dieses widerlichen Menschen hinaus. Eine Adoption Kranters durch die weit jüngere Prinzessin wäre rechtlich umstritten und wohl auch nicht in seinem Sinn gewesen.

Angela rief Peter Frohwein an. Ihre Stimme bebte, als sie ihm das Vorgefallene schilderte.

»Sicher kann jemand, der eine Adelige heiratet, ihren Namen und Titel führen«, sagte Frohwein. »So bestimmt es bei uns das Gesetz.«

Angela, seit ihrer Geburt Prinzessin von Schönegg, würde ab ihrem 25. Geburtstag Fürstin sein. So stand es im Familiengesetz. Seit Adelstitel in Deutschland lediglich als Namensbestandteile angesehen wurden, hatte sich manches geändert. Dennoch bestanden die alten Traditionen, und Angela war eine echte Prinzessin.

Peter Frohwein sprach ihr Trost zu. Als Angela auflegte, war sie dankbar dafür. Ihr Verlobter war eine starke Stütze für sie. Seine Liebe und auch seinen juristischen Sachverstand hatte sie noch nie so gebraucht wie jetzt.

*

Am Nachmittag des folgenden Tages stellte Peter Frohwein seinen Wagen auf den für ihn reservierten Parkplatz vorm Haus der Anwaltskanzlei im Zentrum von München. Frohwein war der Juniorpartner eines renommierten Anwaltsbüros. Seine juristischen Fähigkeiten und seine Wendigkeit waren bereits bekanntgeworden.

Frohwein war am Vormittag in Schloß Schönegg gewesen, um mit der Prinzessin zusammen zu sein und ihr von seinen Fortschritten in ihrer Angelegenheit zu berichten. Sein gutgeschnittenes Gesicht wirkte etwas nachdenklich.

Bei Prinzessin Angela hatte er eine andere Miene gezeigt. Frohwein war, bei all seinem Charme, ein Mensch, der genau rechnete. Er zählte jetzt achtundzwanzig Jahre. Wenn er heiratete, mußte es eine gute Partie sein. In diesem Punkt gab es für ihn wirklich keine Abstriche.

Er blickte auf, als ihm ein breitgebauter Mann in Chauffeurslivree den Weg versperrte.

»Bitte? Wünschen Sie mich zu sprechen?«

»Nein, ich.«

Alex Kranter erschien. Er hatte im Hof des mehrstöckigen Hauses auf Frohwein gewartet. Er trug einen anderen Maßanzug als am Vortag.

Er reichte Frohwein seine Karte und verlangte eine sofortige und dringende Unterredung.

»Vereinbaren Sie einen Termin«, erklärte der Anwalt. »Übers Sekretariat. Das ist bei uns üblich.«

»Bei mir nicht.« Auf einen Wink Kranters trat der Chauffeur näher an Frohwein heran. Er stieg ihm fast auf die Zehen. »Ich würde nur ungern meiner Forderung Nachdruck verleihen«, fuhr Kranter fort. »Wie Sie sicher wissen, bin ich einer der Hauptgläubiger der Prinzessin von Schönegg.«

»Sie wollen mich also in dieser Angelegenheit sprechen? Weshalb haben Sie das nicht gleich erwähnt? Ich werde Ihnen etwas Zeit widmen.«

»Aber sofort, bitte. Ich habe noch andere wichtige Geschäfte.«

Offiziell an den Anwalt heranzutreten, war Kranter nicht eingefallen. Er wollte sofort etwas erreichen, der direkte Weg erschien ihm als der beste. Er und sein Chauffeur folgten dem Anwalt in das geräumige alte Patrizierhaus. Das Anwaltsbüro nahm die beiden unteren Etagen ein.

Der Chauffeur blieb im Warteraum und blätterte in einer Illustrierten. Frohwein hatte seinen Namen gehört – Siggi. Man sah es deutlich, daß Siggi ein Ex-Boxer war. Er diente Kranter nicht nur als Chauffeur, sondern auch als Leibwächter. Kranter hatte einen solchen auch nötig.

Nachdem er seine Rückkehr gemeldet und sich bei der Anmeldung nach Telefonanrufen und sonstigen Terminen erkundigt hatte, führte Frohwein Kranter die Treppe hinauf in sein holzgetäfeltes Büro. Kühl bot er ihm Platz an.

»Also, Herr Kranter, was kann ich für Sie tun?«

»Herr Konsul, bitte. Sie sind der Rechtsbeistand der Prinzessin von Schönegg und stehen wohl auch noch in anderen Beziehungen zu ihr.«

Frohwein brauste auf: »Ich wüßte nicht, was Sie das anginge!«

Kranter winkte ab.

»Wir wollen sachlich bleiben. Die Situation der Prinzessin ist unhaltbar, daran werden auch Sie nichts ändern. Sie vergeuden mit ihrer Vertretung nur Ihre Zeit. Ich hätte ein weit interessanteres und finanziell einträglicheres Betätigungsfeld für Sie.«

Kranter öffnete die mitgebrachte Tasche. Sie war vollgestopft mit gebündelten Tausend-Mark-Scheinen. Frohwein schluckte. Einen so direkten Bestechungsversuch hatte er noch nie erlebt. Er faßte an seinen Krawattenknoten.

»Ich brauche einen Syndikus für einige Auslandsgeschäfte«, fuhr Kranter fort. »Sie sind mir empfohlen worden. Wenn wir uns einig werden und Sie für mich zu arbeiten bereit sind, erhalten Sie sofort einen Vorschuß. Eine Quittung brauche ich nicht.«

Ich sollte ihn hinauswerfen, dachte Frohwein. Aber er schwieg.

»Sollten Sie ablehnen, so würde ich das sehr bedauern«, sagte Kranter. »Sie erlebten heute eine unverhoffte Begegnung auf dem Parkplatz. Falls wir uns nicht einig werden, könnten Sie ein ähnliches, weit unangenehmeres Zusammentreffen haben.«

Das war eine glatte Drohung. Man würde Frohwein auflauern und ihn nicht nur um eine Unterredung bitten. Der Anwalt sah auf das Geld und in Kranters Gesicht.

Angst stieg in ihm auf. Eine Weile herrschte Stille. Nur die Uhr an der Wand tickte. Dann gab Frohweins Geldgier den Ausschlag. Er hatte, seit er von den enormen Schulden wußte, bereits zu überlegen begonnen und sein Verhältnis zu der Prinzessin überdacht.

Frohwein war wankend geworden. Kranters Angebot und Drohung gaben ihm den entscheidenden Anstoß.

»Gut«, antwortete er förmlich, »ich erkläre mich bereit, Sie als Syndikus zu vertreten, Herr Konsul. Aber ich bin nicht billig.«

»Das verlangt auch niemand von Ihnen.«

Eine Weile später verabschiedete sich Kranter. Frohwein war um einen erklecklichen Betrag reicher geworden. Er würde noch mehr erhalten. An der Tür wendete sich Kranter noch einmal um.

»Wenn Sie mich vertreten, können Sie natürlich nicht mehr für die Prinzessin von Schönegg tätig sein«, sagte er.

»Selbstverständlich nicht, Herr Konsul«, dienerte Frohwein. »Ich wünsche Ihnen noch einen angenehmen Tag und Erfolg für die Geschäfte, Herr Konsul. Beehren Sie uns bald wieder, Herr Konsul.«

Sie sind alle käuflich, dachte Kranter, als er die Treppe hinunterstieg. Geld regiert die Welt. Da bildet auch der Adel keine Ausnahme. Schloß Schönegg wird mir gehören – Fürst Alexander von Schönegg. Er grinste. Er hatte ein Faible für den Adel.

Wenn er erst einmal einen Adelstitel hatte, wollte er seine frühere Existenz abstreifen wie eine Schlange ihre alte Haut.

*

Prinzessin Angela wartete an diesem Abend vergeblich auf Peter Frohwein. Er hatte versprochen, sie im Schloß zu besuchen. Er erschien nicht. Bei ihm zu Hause meldete sich niemand.

Frohwein besaß eine Penthousewohnung am Englischen Garten. Er konnte sie sich leisten. Angela erreichte ständig nur seinen automatischen Anrufbeantworter. Er rief nicht im Schloß an.

Voller Angst wendete sie sich an seine Familie. Frohweins Eltern gehörte eine Ladenkette. Seine Mutter wußte von nichts, sie verwies die Prinzessin an den älteren Bruder des Anwalts. Der, ein erfolgreicher Immobilienmakler, vertröstete Angela und bot sich an, die Angelegenheit zu übernehmen.

Angela wartete voller Angst auf seinen Rückruf. Sie fürchtete, ihr Verlobter hätte einen Unfall gehabt. Kurz vor Mitternacht erhielt sie den Rückruf Friedrich Frohweins, des Maklers.

»Peter ist zu Hause«, teilte er ihr knapp mit. »Ich habe ihn eben erst erreicht. Er hatte dringende Akten aufzuarbeiten und wollte nicht gestört werden. Ich wünsche Ihnen eine gute Nacht, Durchlaucht.«

Klick, er hatte aufgelegt. Angela hielt den Hörer noch eine Weile in der Hand. Dann drückte sie die Gabel und wählte abermals Peter Frohweins Nummer. Wieder meldete sich nur der automatische Anrufbeantworter, obwohl Angela bereits zweimal auf Band gesprochen und um einen Rückruf gebeten hatte.

Und obwohl Peter Frohweins Bruder ihm gesagt haben mußte, daß sie sich um ihn sorgte. Die Prinzessin verstand Frohweins Verhalten nicht. Er war sonst immer die Zuverlässigkeit und Aufmerksamkeit in Person gewesen.

Sie erwog, sofort nach München zu fahren. In einer halben Stunde hätte sie die Fahrt schaffen können. Aber dann blieb sie im Schloß, gekränkt und verwundert. Frohwein sollte nicht glauben, daß sie ihm nachlief.

Angela versuchte vergeblich, ihre Freundin Daniela Förtsch anzurufen, eine Tanzlehrerin. Eine andere enge Freundin hatte nach Hamburg geheiratet. Sie war erst vor kurzem Mutter geworden und hatte alle Hände voll mit ihrer kleinen Tochter zu tun.

Sie wollte Angela nicht mitten in der Nacht aus dem Bett klingeln und mit ihren Partnerschaftsschwierigkeiten behelligen. Eine andere Freundin, zu der sie genügend Vertrauen gehabt hätte, gab es nicht. Malwine Maurer, die Schloßbedienstete, fiel auch weg.

Die Prinzessin öffnete das Fenster. Sie blickte noch eine Weile über den Ammersee, an dessen Ufern zahlreiche Lichter glänzten, und atmete tief die laue Luft ein. Grillen zirpten im Uferpark.

Angela hatte Kopfschmerzen, und sie war innerlich unruhig. In dieser Nacht schlief sie schlecht. Am Vormittag rief sie in der Kanzlei an. Man verband sie nicht mit Peter Frohwein. Angeblich sollte er nicht da sein. Am Nachmittag war es genauso.

Bisher hatte Angela sich immer noch Hoffnung gemacht, daß Frohwein tatsächlich durch dringende Geschäfte verhindert gewesen sei. Er konnte einen wichtigen Gerichtstermin verschwitzt haben und gezwungen gewesen sein, die Nacht durchzuarbeiten. Aber selbst dann hätte er zwischenzeitlich anrufen und alles erklären können.

Prinzessin Angela betrachtete ihr Gesicht im Spiegel. Es erschien ihr fremd. Er hat mich verlassen, dachte sie, und sie wunderte sich, daß sie die Erkenntnis noch nicht schmerzte. Mir einfach den Laufpaß gegeben wie jeder x-beliebigen. Aber warum, warum?

Es mußte wohl mit ihren finanziellen Schwierigkeiten zusammenhängen.

Angela wollte Gewißheit haben. Sie zog sich um, wählte ein buntes Sommerkostüm und legte Make-up auf. Sie frisierte sich sorgfältig. Haltung, Angela, ermahnte sie sich, sei tapfer!

Sie hatte es sich oft sagen müssen, seit ihr Vater tödlich verunglückt war. Damals war sie fünfzehn Jahre alt gewesen. Manchmal hatte sie sich gewünscht, ihr Vater hätte nach dem frühen Tod ihrer Mutter wieder geheiratet. Dann hätte sie jetzt wenigstens eine Stiefmutter gehabt.

So stand sie ganz allein in der Welt.

Angela fuhr mit ihrem Mittelklassewagen nach München. Sie hatte ihn gebraucht gekauft und hoffte, daß er trotz 110000 km auf dem Tacho noch eine Weile seinen Dienst versehen würde.

Ihre Garderobe hatte sie zum großen Teil selbst entworfen. Sie schneiderte auch selbst. Als Designerin konnte sie Kleider, Blusen und Wäsche günstig erwerben.

Um den Feierabendverkehr auf dem Cityring zu umgehen, benutzte Angela Schleichwege. In einer der engen Straßen beachtete sie, weil sie es eilig hatte, die Vorfahrt nicht genügend. Schon geschah es.

Ein teurer Sportwagen kam von rechts. Die Prinzessin bremste, der Fahrer des Sportwagens ebenfalls. Doch zu spät, es reichte nicht mehr ganz. Angela fuhr gegen die linke Seite des Sportwagens. Es krachte. Die Fahrzeuge standen.

Sekundenlang blieb die Prinzessin schreckensbleich sitzen. Dann schnallte sie sich los und stieg aus. Der Fahrer des Sportwagens ebenfalls. Angela hatte seinen silberfarbenen Luxusflitzer am Heck erwischt.

Er wies eine große Beule auf, der Lack war zerschrammt. Bei Angelas Wagen war der linke Frontscheinwerfer kaputt, der Kotflügel beschädigt und die Stoßstange verbogen. Fahrtüchtig waren die beiden Fahrzeuge noch.

»Sind Sie verletzt?« fragte Angela den Sportwagenfahrer.

Er schüttelte den Kopf, auch Angela war nichts geschehen. Sie betrachteten sich den Blechschaden.

»Das wird ein teurer Spaß für Ihre Versicherung«, bemerkte der Sportwagenfahrer. »Wollen Sie eilig zu einem Rendezvous, junge Dame?«

Sein Ton mißfiel Angela. Der Fahrer des Sportflitzers war hochgewachsen und lässig-elegant gekleidet. Die Prinzessin schätzte ihn auf nicht ganz dreißig. Er hatte dunkle Locken und ein gutgeschnittenes Gesicht mit einem Grübchen am Kinn. Seine weißen Zähne blitzten, als er sie anlachte.

Seine obersten Hemdknöpfe waren offen, ein goldener Anhänger baumelte auf seiner Brust. Ein Playboy, dachte Angela. Einer von den Männern, die sich für unwiderstehlich halten.

Sie entschuldigte sich für ihre Unaufmerksamkeit.

»Ich bin auf dem Weg zu meinem Anwalt«, setzte sie schnippisch und nur teilweise der Wahrheit entsprechend hinzu.

»Ich hoffe, es handelt sich um nichts zu Unangenehmes. Verzeihen Sie bitte, daß ich es wagte, Ihnen den Weg zu versperren. Wenn ich gewußt hätte, daß eine so hübsche und rasende junge Dame hier fährt, hätte ich selbstverständlich gewartet.«

Er hielt das vielleicht für scherzhaft, Angela fühlte sich verspottet. Zuschauer hatten sich angesammelt. Mehrere Wagen hielten, weil sie nicht weiterkonnten. Ein ungeduldiger Fahrer hupte.

»Ich bin einwandfrei schuld«, erklärte Angela. »Das gebe ich Ihnen auch schriftlich. Wir können uns sicher einigen, es handelt sich schließlich nur um einen Blechschaden. Ich schreibe Ihnen die Adresse meiner Versicherung auf und melde dieser den Schaden.«

»Einverstanden. Fahren wir zur Seite.«

Angela und der Sportwagenfahrer stellten die Fahrzeuge so ab, daß die anderen Wagen vorbeikonnten und tauschten ihre Adressen aus. Die Prinzessin erhielt die Karte des Sportwagenfahrers und gab ihm ihre. Beide stutzten.

Fürst Benno von Pleskau, las Angela. Der Fürst hatte, wie sie bereits seinem Autokennzeichen entnommen hatte, seinen Wohnsitz in der Nähe von Stuttgart. Fürst Benno war überrascht, daß er gerade mit einer Prinzessin in einen Unfall verwickelt worden war.

»Dies ist gewiß ein Wink des Schicksals.« Er lächelte charmant und nahm die große Sonnenbrille ab. Er hatte schöne dunkle Augen, die allzu verführerisch wirkten. »Darf ich Sie, nachdem Sie Ihre Geschäfte beim Anwalt erledigt haben, ins Café einladen?« Wieder funkelte der Schalk in seinen Augen. »Oder ziehen Sie als echt bayerische Prinzessin einen Biergarten vor?«

»Ich glaube, Sie verwechseln mich mit der Bavaria, Durchlaucht.« Die förmliche Anrede war für den Fürsten eine Zurückweisung. Adelige verkehrten ansonsten zwanglos miteinander. »Leider habe ich keine Zeit. Erledigen wir die Formalitäten, ich muß weiter.«

*

In der Kanzlei wollte man sie zunächst abwimmeln, aber sie bestand darauf, mit Peter Frohwein zu sprechen. Frohweins Seniorpartner, ein beleibter, gemütlicher Herr, erschien bei der Anmeldung. Ihn hatte Frohwein nicht zu instruieren gewagt.

»Peter ist im Hause«, sagte er, nachdem die Angestellte gerade etwas anderes behauptet hatte. »Was erzählen Sie denn da, Frau Moosacher?« Er wendete sich an die Prinzessin. »Natürlich kann er Zeit für Sie erübrigen, Durchlaucht. Ist ein Klient bei ihm?«

Die Angestellte schüttelte den Kopf.

»Dann gehen Sie gleich zu ihm, Durchlaucht«, forderte der Anwalt Angela auf. »Er wird sich sehr freuen.«

Die Prinzessin stieg die Treppe hoch. Frau Moosacher konnte Frohwein gerade noch verständigen. Hastig baute er Akten auf seinem Schreibtisch auf, öffnete mehrere Vorhänge. Vorher hatte er sich nicht gerade zu Tode gearbeitet.

Angela klopfte und trat ein. Frohwein schaute auf. Das schlechte Gewissen stand ihm ins Gesicht geschrieben.

»Ach ja, Angela. Grüß dich. Ich bin sehr beschäftigt, wie du siehst.«

Die Prinzessin setzte sich ihm gegenüber.

»So beschäftigt, daß du nicht einmal die Zeit für einen Anruf findest? Was hat das zu bedeuten, Peter?«

»Ich ... äh, ich weiß nicht, was du meinst. Mein Beruf nimmt mich sehr in Anspruch. Ich habe äußerst wichtige Fälle zu bearbeiten, die für meine künftige Laufbahn entscheidend sein können.«

»Du lügst schlecht, Peter. Bisher habe ich an dir immer deine klare Sprache geschätzt. Warum druckst du herum? Du wolltest mich gestern abend aufsuchen.«

Frohwein sah auf, brachte es aber nicht fertig, der Prinzessin in die Augen zu sehen. Er blickte auf seine Schreibunterlage.

»Es geht alles einmal zu Ende, Angela. Ich bin zu der Überzeugung gelangt, daß wir nicht füreinander geschaffen sind. Du bist eine Prinzessin, ich bin nur ein bürgerlicher Rechtsanwalt. Mit deinem großen Namen und deiner Persönlichkeit kann ich nicht konkurrieren.«

»Das sollst du auch nicht. Ich glaubte, wir lieben uns?«

»Heirate jemanden aus deinen Kreisen«, sagte Frohwein klipp und klar. »Das ist besser für dich. Ich werde mich in meinen Kreisen umsehen.«

»Nach einer besseren Partie, nehme ich an.« Wütend stand Angela auf. »Du willst mich verlassen, weil du dich vor den finanziellen Verbindlichkeiten fürchtest, die durch eine Ehe mit mir auf dich zukommen würden.«

»Und wenn es so wäre?«

Angela bebte. Sie mußte die Tränen zurückhalten.

»Ich kann meine Verbindlichkeiten selber regeln«, sagte sie. »Ich hoffte, du würdest mir dabei helfen, aber es muß nicht sein. Es ist aus zwischen uns. Du sollst auch nicht länger mein Rechtsbeistand sein.«

Frohwein nickte nur. Er erwartete Vorwürfe und Anklagen, Bitten, vielleicht sogar Beschimpfungen. Angela erwies ihm den Gefallen nicht, sich vor ihm gehenzulassen und damit seiner Eitelkeit zu schmeicheln.

Mit den Worten: »Leben Sie wohl, Herr Frohwein. Meine Unterlagen schicken Sie mir zu«, ging sie hinaus.

Frohwein atmete auf. Eine große Szene war ihm erspart geblieben. Aber irgendwie war er betroffen. Angelas Verhalten verriet ihm, daß sie ihn nie wieder auch nur ansehen würde. Das schmerzte. Frohwein seufzte. Eine Frau wie Prinzessin Angela würde er nicht noch einmal finden in diesem Leben.

Sie hatte ihn wirklich geliebt. Und er war menschlich nicht groß und stark genug gewesen, um diese Liebe zu erwidern und über alles andere zu stellen. Frohwein begriff in diesem Moment, obwohl er die Erkenntnis zu unterdrücken versuchte, daß er ein charakterloser Wicht war.

*

Am Ende dieser ereignisreichen und niederschmetternden Woche fuhr Prinzessin Angela mit dem Zug nach Düsseldorf und suchte den Modeschöpfer Edgar Cleven auf, mit dem sie gut bekannt war. Cleven war ein führender Mann in der Modebranche. Er hatte Angelas Talent beizeiten erkannt, sie ermutigt und gefördert. Bisher hatte sie hauptsächlich für ihn Entwürfe gezeichnet.

Cleven hatte ihr auch die Möglichkeit vermittelt, nach dem Abschluß an der Fachhochschule ein Vierteljahr lang in Paris zu arbeiten. Der Modeschöpfer bewohnte ein luxuriöses Penthouse an der Kö, Düsseldorfs Hauptgeschäftsstraße.

Angela hatte während der Woche zweimal mit ihm telefoniert. Er erwartete sie auf seiner sonnigen Dachterrasse. Cleven war ein Stadtmensch. In Orten mit weniger als hunderttausend Einwohnern verspürte er nicht genügend Lebensimpulse, behauptete er. Er hatte auch noch andere Eigenheiten.

Cleven galt als genial und leicht verrückt. Dieses Image förderte er nach Kräften. Die High-Society verhätschelte ihn.

Die Prinzessin ging durch Clevens Wohnzimmer, das groß genug war, um darin Ball zu spielen. Cleven hatte es mit weißen Schleiflackmöbeln eingerichtet. Die impressionistischen Gemälde an den Wänden waren alles Originale. Der Modeschöpfer saß, mit Seidenhemd und weißen Pluderhosen bekleidet, am zur Hälfte ins Wohnzimmer integrierten Dachswimming-pool.

Ein Sonnenschirm schützte Cleven vor der Sommersonne. Hidalgo, Clevens dänische Dogge, lag neben ihm im Schatten. Theo, der Butler, der die Prinzessin eingelassen hatte, zog sich diskret zurück.

Cleven war, soweit die Prinzessin wußte, achtunddreißig Jahre alt. Er hatte ein gezwirbeltes Bärtchen wie der Surrealist Salvador Dalí und war mittelgroß und sehr schlank. Er sprach schnell und gestikulierte oft. An seiner gepflegten Rechten funkelte ein wertvoller Solitär.

Er sprang auf.

»Liebste, Angela!« Er küßte die Prinzessin auf beide Wangen. »Ich bin überglücklich, dich hier zu sehen. Bitte, nimm Platz. Darf ich dir eine Erfrischung anbieten?«

Prinzessin Angela bat um einen Saft. Cleven orderte ihn übers handliche Sprechfunkgerät bei seinem Butler. Angela tätschelte der Dogge den Kopf. Hidalgo äugte freundlich zu ihr hoch.

Von hier oben hatte man einen ausgezeichneten Ausblick über Düsseldorf und die Umgebung. Die Stadt lag im Sonnenglast.

Nachdem Theo den Fruchtsaft kredenzt hatte, kam man zur Sache. Cleven hörte der Prinzessin zu. Er klimperte mit dem Goldkettchen an seinem Handgelenk.

»Voilà«, sagte er, als Angela geendet hatte. »Verkauf den alten Kasten mit allem Drum und Dran, dann bist du die Sorgen los. Fang bei mir als Designerin und als Mannequin an, dann hast du dein Glück gemacht. In der Haute Couture wartet eine große Karriere auf dich.«

»Wenn ich das Schloß aufgebe, gebe ich mich selber auf«, antwortete Angela. »Falls du mir nichts anderes zu sagen hast, brauchen wir uns nicht weiter zu unterhalten, Edgar. Dann reise ich am besten sofort wieder ab.«

»Nicht so voreilig!« wehrte Cleven ab, als die Prinzessin sich anschickte, aufzustehen. »Das war nur ein Teil meines Vorschlages. Entscheiden mußt du. Wenn du Schloß Schönegg unbedingt halten willst, bitte. Wie denkst du über den zweiten Teil meines Vorschlages?«

»Ich soll als Mannequin arbeiten? Gewiß, ich habe schon Kreationen anprobiert, auch im Atelier vorgeführt. Aber noch nie in der Öffentlichkeit.«

»Du bist bildschön und hast die Figur dazu. Mit deinem Namen und bei deinem Talent steht dir die Welt offen.«

Cleven war ein Schmeichler. Angela wußte, daß er manchmal übertrieb. Sie wehrte ab. Doch Cleven wollte nichts davon hören.

»Wenn ich das sage, kannst du es glauben. Wir haben schon am Telefon kurz darüber gesprochen, daß du ganzzeitig für mich arbeiten sollst. Ich biete dir eine Teilhaberschaft an. Wir befristen die Zusammenarbeit zunächst einmal auf fünf Jahre.«

Angela schwindelte es. Es war ein Traumangebot. Sie hatte sich allenfalls einen günstigen Arbeitsvertrag ausgerechnet. Natürlich würde ihr Cleven keinesfalls die Hälfte seines Unternehmens geben, sondern weit weniger, aber auch das war enorm. Schon vom Prestige her. Außerdem hatte Angela als Teilhaberin ein Mitbestimmungsrecht.

»Edgar, ich bin überwältigt. Warum tust du das?«

»Ich denke dabei lediglich an den eigenen Vorteil. Von dir verspreche ich mir neue Impulse. Modehaus Cleven & von Schönegg hört sich besser an. Du kannst völlig neue Kundenkreise erschließen und Gebiete eröffnen. Du bist eine Persönlichkeit, begnadet, genial. Ich erkenne es, denn ich bin selber so.«

Er sprang auf und hielt die Hand der Prinzessin.

»Wir beide werden zusammen die Modewelt erobern und umformen. Unser Stil wird Epoche machen!«

Cleven litt nicht gerade an Minderwertigkeitskomplexen. Er war aber auch ein cleverer Geschäftsmann.

»Du stehst mir doch schon für die Herbstkollektion voll und ganz zur Verfügung?« vergewisserte er sich.

»Sobald ich meine Angelegenheiten in Schloß Schönegg geordnet habe«, antwortete die Prinzessin. »Ich kann mich nicht zerteilen.«

»Voilà, laß das die Anwälte regeln, ich kenne sehr gute.«

Sie sprachen über Angelas Vorstellungen. Cleven erklärte sich mit allem einverstanden. Er bot ihr einen großzügigen Teilhabervertrag an. Er sollte in Kürze schriftlich fixiert werden. Die Prinzessin war voller Hoffnung, als sie sich mit Cleven zum Dinner niedersetzte, das Theo in der Eßdiele gedeckt hatte.

Der Modeschöpfer plauderte charmant. Theo servierte. Angela beobachtete den gutgewachsenen blonden Butler gelegentlich abschätzend. Manchmal fragte sie sich, welche Beziehungen ihn mit Edgar Cleven verbanden. Dem Modeschöpfer wurde allerlei nachgeredet.

Er war unverheiratet, sein Interesse an Frauen war größtenteils beruflich. Cleven lebte allein für die Mode. Nach dem Dinner sprang Angela in den Pool und schwamm zwanzig Runden. Cleven zog sich mittlerweile um. Er kleidete sich jeden Tag mehrmals um.

Im Samtanzug erschien er, wie ein Märchenprinz anzusehen. Er sah zu, wie sich die Prinzessin abtrocknete.

»Nachdem du geduscht hast, such dir nebenan ein passende Kleid aus«, bat er. »Ich warte auf dich, ich will dir in meinem Atelier ein paar neue Entwürfe zeigen.«

Das Atelier befand sich drei Stockwerke tiefer. Angela hatte im Koffer einen Hosenanzug zum Wechseln mitgebracht, aber davon wollte Cleven nichts wissen. Er hatte ganze Schränke voll, auch mit Frauenbekleidung.

Angela hätte keine Frau sein dürfen, wenn sie sein Angebot abgelehnt hätte. Das Ankleidezimmer war mit Spiegeln verkleidet. Die Prinzessin probierte mehrere Kleider an und wählte ein hellblaues, fließendes Gewand mit weiten Ärmeln. Sie drehte sich darin vor den Spiegeln. Ja, sie war schön, aber was hat es ihr bisher genutzt?

Cleven applaudierte, als sie erschien.

»Vorzüglich, ma chérie. Jetzt geh bitte durch den Living-room bis an den Swimming-pool und zurück. Ja, du verstehst es, dich zu bewegen. Locker und ungezwungen, dabei mit angeborener Grazie.«

Bevor sie sich ins Atelier begaben, äußerte die Prinzessin, daß sie ein Hotelzimmer für die Nacht brauche. Am Sonntag wollte sie nach Schloß Schönegg zurückkehren.

»Du kannst bei mir übernachten«, bot Cleven ihr an. »Ich habe ein Gästezimmer. Meine bescheidene

Behausung steht dir zur Verfügung, als ob sie dein Eigentum wäre.«

Prinzessin Angela zögerte. Cleven küßte ihr die Hand. Seine hochgezwirbelten Schnurrbartenden kitzelten.

»Wir sind doch Freunde, oder?« fragte der Couturier leise. »Eine Freundschaft zwischen Mann und Frau kann etwas sehr Schönes sein. Ich würde die unsere niemals mit den Komplikationen belasten, die einem Verhältnis immer entspringen.«

»Du hast recht, Edgar. Ich bleibe im Gästezimmer. Vielen Dank für dein Angebot. Du bist ein feiner Kerl.«

Cleven hüstelte und drehte sein linkes Schnurrbartende.

»Das hättest du mir wenigstens in Französisch sagen können. In schlichtem Deutsch hört es sich so ernstgemeint an.«

Angela konnte nicht anders, sie mußte lachen. Cleven war überspannt, aber lieb, wenn er jemanden mochte. Das begriff die Prinzessin jetzt voll und ganz.

Sie waren bis Mitternacht im Modeatelier beschäftigt. Cleven hätte die Nacht durchgearbeitet. Er vergaß die Zeit, wenn er neue Modelle kreieren oder Verbesserungen an Schnitt und Faltenwurf bereits vorliegender vornehmen konnte. Zu tun und zu ändern gab es immer etwas.

Erst als Angela vernehmlich gähnte, fragte Cleven: »Bist du etwa müde, meine Liebe?«

»Nicht besonders, ich schlafe nur gleich ein. Ich möchte zu Bett gehen, Edgar. Wir haben später noch genügend Zeit zur Zusammenarbeit.«

»Wenn du es wünschst. Ich bin nachts am kreativsten. Der Mond beeinflußt mich günstig. Der Tag ist für die profanen Geschäfte da.«

»Bei mir nicht, ich zeichne am liebsten vormittags. Da habe ich die besten Ideen. Jeder auf seine Weise.«

»Ich habe gehört, daß morgens um sieben Uhr tatsächlich schon Menschen auf der Straße sein sollen. Ich selbst habe mich für diese Zeit nie erwärmen können. Wir wollen für heute Schluß machen. Ich freue mich auf unsere Zusammenarbeit, Angela. Im Grunde genommen ist es ein Vorteil für mich, daß du so hohe Verbindlichkeiten hast und ein Schloß finanzieren mußt.«

»Warum?«

Cleven schaute ernst drein.

»Du wirst Tag und Nacht arbeiten müssen, um Schloß Schönegg zu halten, Angela. Ich beneide dich nicht darum. Aber wenn dir die Tradition soviel bedeutet, voilà, du hast meine Anerkennung und meine Unterstützung. Mein Reich ist die Haute Couture, mich können Schlösser nicht reizen.«

*

Angela wendete sich an ein Anwaltsbüro, das ihr Cleven empfohlen hatte. Von da an lief alles wie am Schnürchen. Sie verkaufte Grundstücke und Liegenschaften. Bis auf Kranter kamen alle Gläubiger der schönen jungen Prinzessin entgegen. Der Gerichtsvollzieher entfernte die im Schloß klebenden Kuckucks wieder.

Peter Frohwein rief einmal an und bat um eine Unterredung. Er wollte sich rechtfertigen, um bei Angela in einem besseren Licht dazustehen.

»Wir haben uns nichts mehr zu sagen«, beschied die Prinzessin ihn kühl und legte auf.

Der Schmerz um ihre verlorene Liebe hatte nachgelassen. Viel Arbeit und geschäftliche Verhandlungen lenkten die Prinzessin ab. Sie pendelte zwischen Düsseldorf und Schloß Schönegg hin und her. Das Modehaus hieß bereits offiziell Cleven und von Schönegg. Es gab Filialen in Frankfurt, Stuttgart und München sowie eine Niederlassung in Rom.

In Paris hatte Cleven bisher noch nicht Fuß fassen können. Er lieferte seine Kollektion aber international aus. Mit viel Einfallsreichtum und Durchsetzungsvermögen hatte er sich eine Marktposition geschaffen, die er noch auszuweiten gedachte.

Von Baron Caspar von Leynhagen hörte Prinzessin Angela lediglich, daß er zu einer Kur abgereist sei. Der Baron hatte sich an Angelas Vermögen nicht bereichert. Sie sah deshalb von einem Strafantrag ab.

Kranter ließ von sich hören. Er versuchte mehrmals, die Prinzessin zu erreichen. Er fuhr sogar persönlich vorm Schloß vor. Sein Chauffeur stieg aus und betätigte den eisernen Türklopfer am Haupteingang.

Berthold, der Diener und Butler, öffnete lediglich das schmale Fenster neben der Tür.

»Ihre Durchlaucht wünscht Ihren Chef nicht zu sehen, werter Herr«, näselte er. »Entfernen Sie sich bitte mitsamt Ihrer Karosse und Ihrem Brotgeber, sonst muß ich Maßnahmen ergreifen! Sie haben hier Hausverbot. Guten Tag.«

»He, Sie, hören Sie doch!«

Bevor Siggi weitersprechen konnte, schlug schon das Fenster zu. Der Chauffeur kehrte zu der langen schwarzen Limousine zurück und informierte Kranter. Der Geschäftsmann hatte sich noch mehr in Schale geworfen als sonst.

Wütend blickte er auf die Schloßfassade.

»Das wollen wir sehen! Sie muß mit mir sprechen, sie schuldet mir Geld. Fahr mich zum Amtsgericht, Siggi. Ich will den Gerichtsvollzieher sprechen.«

Im Amtsgericht mußten Kranter und sein Chauffeur eine halbe Stunde auf dem Flur warten, bevor der Gerichtsvollzieher Zeit hatte. Hartmoser bat die beiden endlich in sein karg eingerichtetes Büro. Die Aktenschränke waren jahrzehntealt.

Kranter forderte eine Beschleunigung seiner Angelegenheit. Er wollte sofort Geld sehen. Hartmoser unterbrach ihn.

»Was wollen Sie eigentlich, Herr Kranter? Ihre Forderungen werden voll und ganz beglichen, das ist ausgehandelt. Jetzt nimmt das Verfahren seinen Gang. Grundstücksverkäufe dauern ihre Zeit. Gehen Sie jetzt bitte, ich bin beschäftigt, wie Sie sehen.«

»Ich verlange, mit der Prinzessin sprechen zu können. Sie weigert sich, mich zu empfangen.«

»Das ist ihr gutes Recht. Wenden Sie sich an Ihre Anwälte.«

Hartmoser blickte auffordernd auf die Tür. Kranter merkte, daß er ihn nicht für seine Zwecke einspannen konnte. Er regte sich auf.

»Sie kleiner Pfandheini«, sagte er abschätzig. »Sie kaufe ich doch allemal mit meinem Kleingeld auf.«

Hartmoser empörte sich.

»Das ist Beamtenbeleidigung, Sie werden von mir hören, Herr Kranter! Wenn Sie jetzt nicht auf der Stelle mit Ihrem Chauffeur das Zimmer verlassen, rufe ich ein paar Justizwachtmeister herbei. Ich erfülle korrekt meine Pflicht, und von Ihnen lasse ich mir wirklich nichts bieten.«

Kranter ging. Hart fiel die Tür hinter ihm ins Schloß. Der Gerichtsvollzieher atmete auf.

»Ein unsympathischer Zeitgenosse«, murmelte er.

Als Siggi seinem Chef den Wagenschlag aufhielt, fuhr der ihn an: »Was grinst du so?«

»Sie hätten sich nicht gerade mit einem Gerichtsvollzieher anlegen sollen«, antwortete Siggi. »Die sind allerhand gewöhnt.«

»Behalt deine Kommentare für dich!«

Kranter ließ sich zu einer Bar in der Nähe des Münchener Hauptbahnhofes fahren. Sie hatte nachmittags schon geöffnet. Dort hofierte man ihn. Eine schwarzhaarige Sünde mit tiefem Ausschnitt schmiegte sich an ihn.

»Schön, daß du uns wieder einmal beehrst, Alex. Gehen wir nach oben?«

Das war ein anderer Empfang als der in Schloß Schönegg. Allerdings auch eine andere Umgebung.

*

Manchmal erinnerte Angela sich an den Fremden, mit dem sie den Autounfall gehabt hatte – Fürst

Benno von Pleskau. Der Schaden an ihrem Wagen war längst repariert. Von dem Fürsten hatte sie nichts mehr vernommen. Sie wußte selber nicht, weshalb ab und zu sein Bild in ihrem Gedächtnis auftauchte.

Wenige Tage, nachdem sie Kranter hatte abblitzen lassen, brachte Fleurop einen riesigen Blumenstrauß ins Schloß. Er bestand aus bunten Treibhausblumen und exotischen Blüten. Eine Grußkarte war dabei.

Sie lautete: Verehrte Prinzessin, ich war im Ausland und finde jetzt erst die Zeit, mich an Sie zu wenden. Darf ich darauf hoffen, Sie bei meinem nächsten Besuch in München wiederzusehen, diesmal hoffentlich ohne Unfall? Ihr sehr ergebener Benno von Pleskau.

»Wann kommt denn der Fürst ins Schloß?« fragte Malwine, die Angela den Strauß in ihr Arbeitszimmer gebracht hatte.

»Schäm dich, Malvchen«, antwortete die Prinzessin. »Du hast den Umschlag geöffnet und die Karte heimlich gelesen. Woher solltest du sonst wissen, wer mir die Blumen schickt?«

»Blumen sind die Sprache der Liebe!« rief Malwine, ohne auf den Vorwurf der Prinzessin einzugehen. »Mein Berthold brachte mir, als er mich umwarb, immer Rosen zum Kosen und Narzissen zum Küssen.«

»Schenkt er dir heute auch noch Blumen?« fragte Angela, die sich den steifen Berthold unmöglich als verliebten Jüngling und jungen Ehegatten vorstellen konnte.

»Gelegentlich. Berthold ist eine Seele von Mensch, er tut nur immer so förmlich. Er glaubt, hier die Tradition wahren zu müssen, weil du noch zu jung dazu bist. Wann dürfen wir den Fürsten denn begrüßen?«

»Überhaupt nicht. Ich bin zu beschäftigt, um ihn zu empfangen. Steck bitte die Blumen in eine Vase, Malvchen, und stell sie auf das Rokokotischchen.«

Angela hörte die Dienerin nebenan hantieren. Später betrachtete die Prinzessin, während sie telefonierte und schrieb, öfter die Blumen. Sie hätte den Fürsten eigentlich ganz gern wiedergesehen.

Aber die Enttäuschung mit Peter Frohwein saß noch zu tief und war zu frisch. Außerdem hatte Angela genug Schwierigkeiten am Hals. Sie konnte sich keine Probleme mit einem adeligen Playboy leisten. Sie schrieb Fürst Benno schließlich ein paar kühle Antwortzeilen.

*Durchlaucht, für Ihren Gruß und die Blumen bedanke ich mich. Leider werde ich in der nächsten Zeit nur selten in Schloß Schönegg sein und bin daher nicht in der Lage, Sie zu empfangen. Ich hoffe, daß Sie durch den von mir verursachten Blechschaden keine Umstände hatten, und verbleibe mit freundlichen Grüßen – Angela, Prinzessin von Schönegg.*

Der Brief an die Adresse des Fürsten in der Nähe von Stuttgart ging mit der übrigen Post ab. Wenige Tage später verkaufte Angela, nach Vorverhandlungen durch einen Makler, das Seegrundstück, die größte Geländefläche, die sie zur Verfügung hatte. Zu diesem Grundstück gehörte auch die Anlegestelle.

Ein Schauspieler erwarb das Gelände. Er wollte sich dort einen Bungalow bauen. Damit war der letzte Verkauf abgeschlossen. Mit dem Geld, das das Seegrundstück brachte, war Angela saniert. Sie konnte ihre Verbindlichkeiten bis auf einen geringfügigen Rest begleichen, den sie in Raten abzahlen mußte.

*

Nachdem die Verkäufe abgeschlossen waren, bestellte Angela das Dienerehepaar in ihr Arbeitszimmer und eröffnete ihnen, wie die Lage derzeit stand.

»Ab 1. Oktober habe ich offiziell eine Wohnung in Düsseldorf gemietet. Dann bin ich beruflich derart eingespannt, daß ich nur noch gelegentlich am Wochenende Gelegenheit finden werde, Schloß Schönegg zu besuchen. Ich überlasse euch das Schloß zu treuen Händen. Eines muß ich euch mitteilen, Berthold und Malwine. Für die letzten sechs Wochen habt ihr noch kein Gehalt erhalten. Ich zahle es nach, sobald ich kann. Die laufenden Kosten zu decken, fällt mir schwer, aber ihr sollt darunter nicht leiden.«

Berthold winkte ab.

»Sorgen Sie sich darum nicht, Durchlaucht. Wir haben einen Notgroschen auf die Seite gelegt und können eine Weile von unseren Ersparnissen leben. Wir sind sogar bereit, Ihnen Geld für dringende Renovierungsarbeiten zur Verfügung zu stellen.«

Malwine nickte. Angela war gerührt.

»Das kann ich nicht annehmen.«

»Warum nicht?« wollte Malwine wissen. »Not kennt kein Gebot. Die Hauptsache ist, daß Schloß Schönegg erhalten bleibt.«

»Richtig. Ich danke euch für euer Angebot. Im Moment geht es noch anders. Die Gehaltszahlungen nehme ich bald wieder auf.«

»Es eilt nicht.«

Sie begaben sich in den Salon, um ein Glas Moselwein zu trinken. Berthold wurde um einige Grade weniger steif. Malwines Wangen röteten sich. Sie sprachen über gemeinsame Erinnerungen. Berthold schenkte das zweite Glas ein. Für Angela war es der Abschied von einem Zeitabschnitt ihres Lebens. Sie war in den letzten Wochen erwachsen geworden.

Sie sah das Leben ohne Illusionen an.

»Stellen Sie sich vor, Durchlaucht«, teilte ihr Berthold mit, »dieser Kranter besaß die Unverfrorenheit, über Mittelsmänner an mich heranzutreten. Er bot mir Geld an, damit ich Sie in seinem Sinn beeinflussen sollte.«

»Nenn mich nicht immer Durchlaucht«, entgegnete Angela gewohnheitsmäßig. »Was hast du geantwortet?«

»Ich ließ dem sauberen Herrn bestellen, daß der Schönegg'sche Haus- und Hofmeister nicht käuflich sei. Es ist bedauerlich, daß es Menschen wie ihn gibt. Kranter und Konsorten sind das genaue Gegenteil des besseren Teils unseres Adels.«

»Trau, schau, wem.« Malwine steuerte wieder Spruchweisheiten bei. »Ein gutes Gewissen ist das beste Ruhekissen. Der Kranter wird seine Strafe erhalten, und irgendwann nützt ihm sein ganzes Geld nichts mehr.«

Berthold und Malwine wußten, daß Kranter hinter dem Ruin des Barons von Leynhagen steckte, in den er Angela mit hineingezogen hatte. Angela bezweifelte, ob die Sprichwörter recht hatten. Sie widersprach jedoch nicht.

Den Fürsten von Pleskau hatte Angela völlig vergessen.

*

Kranter war ein Mann, der niemals aufgab. Er kannte viele Tricks und Schliche, und wenn er auf dem einen Weg nicht zum Ziel gelangte, versuchte er es auf einem anderen. An diesem Abend las er im Arbeitszimmer seiner Villa im Münchner Stadtteil Allach die Berichte eines Düsseldorfer Detektivbüros.

Er wußte, daß Prinzessin Angela die Teilhaberin des bekannten Modeschöpfers Edgar Cleven geworden war. Deshalb hatte er Detektive auf Cleven angesetzt. Diesen Ausweg wollte er der Prinzessin vermauern.

Die Berichte enthielten Fotos und einiges belastende Material. Cleven war kein Krimineller, aber er besaß eine besondere Veranlagung. Damit gedachte ihn Kranter unter Druck zu setzen.

Zufrieden packte er das Material in einen DIN-A-4-Briefumschlag. Dann klopfte es. Auf Kranters mürrisches »Herein« trat eine dunkelblonde Frau ein. Rita Malleck lebte seit Jahren mit Kranter zusammen. Sie hatte einen achtjährigen Sohn von ihm, Holger. Kranter, der völlig gefühlskalt war, knauserte ihr und dem Kind gegenüber.

Bei jeder Gelegenheit warf er Rita Malleck vor, was sie ihn kosteten. Der Junge mußte ihn mit Herr Kranter ansprechen. Rita konnte sich bei Kranter nur halten, weil sie in seiner Villa auch die Haushälterin, das Dienstmädchen und die Schreibkraft spielte.

Sie hatte sich schon oft überlegt, von Kranter wegzugehen. Aber das würde er nicht ohne weiteres zulassen. Außerdem war Rita Malleck mittlerweile vierzig Jahre alt. Sie hatte keinen Beruf erlernt, und es würde ihr schwerfallen, auf sich gestellt, für sich und das Kind zu sorgen.

Sie hoffte auch immer noch, daß Kranter seinen Sinn ändern und sich ihr und Holger gegenüber anders verhalten würde. Er erwähnte gelegentlich, daß sie ihn einmal beerben sollten. Andere Verwandte oder Nachkommen hatte er nicht.

»Was willst du denn?« fragte Kranter barsch. »Schläft der Junge schon? Heute nachmittag hat er mich gestört, als er im Garten umhertollte, und ich habe es ihm verboten.«

»Er erzählte es mir. Ja, Holger schläft. Alex, ich muß einmal mit dir reden.«

»Wenn es sein muß. Sprich.«

Rita Malleck setzte sich. Sie trug ein einfaches graues Kleid und war etwas füllig. Früher mußte sie recht hübsch gewesen sein. Jetzt wirkte ihr Gesicht vergrämt, Falten zeichneten es. Sie litt unter den Verhältnissen in Kranters Villa, der außer Geldraffen nichts kannte.

»Du wolltest den Besitz der Prinzessin von Schönegg an dich bringen«, sagte Rita. »Das ist dir mißlungen. Trotzdem interessierst du dich immer noch für die Prinzessin.«

Prinzessin Angela hatte Kranter keinen Fußbreit ihres Bodens überlassen. Die verkauften Grundstücke waren an andere gegangen.

»Was ist der Grund dafür?« fuhr Rita Malleck fort. »Ich weiß, daß du von einem krankhaften Ehrgeiz besessen bist und unbedingt von der großen Gesellschaft anerkannt werden willst. Nach allem, was ich erfuhr, beabsichtigst du, die Prinzessin dazu zu bringen, daß sie dich heiratet.«

»Du hast mir nachspioniert!« Kranter fuhr auf. »Womöglich noch meine Post geöffnet! Hüte dich, Rita, wenn ich die Geduld verliere, werfe ich euch beide hinaus, dich und den Jungen. Dann kannst du sehen, wo du bleibst. Was du für Holger an Unterhaltszahlungen zu beanspruchen hast, weißt du. Damit könnt ihr nicht leben. Dann kannst du als Putzfrau oder Fabrikarbeiterin gehen, vielleicht noch als Verkäuferin oder Bürohilfe.« Er atmete schwer. »Ihr kostet mich ohnehin schon genug. Der Junge verwächst oder zerreißt ständig die Kleider. Jetzt will er auch noch Fußballstiefel haben.«

»Es ist dein Kind, Alex.«

»Das sagst du. Ich habe es niemals nachgeprüft.«

Rita Malleck verbarg das Gesicht in den Händen. Kranter verstand es immer wieder, sie zu verletzen. Sie war ihm nicht gewachsen. Erst nach einer Weile konnte sie wieder sprechen.

»Ich schufte in der Villa wie ein Pferd, Alex. Nur einmal die Woche kommt eine Zugehfrau, den Rest erledige ich. Bei mir und Holger legst du bestimmt nicht drauf. Wie verhält es sich mit der Prinzessin von Schönegg?«

»Das geht dich nichts an. Kümmere dich um deine Angelegenheiten.«

»Genau das tue ich. Warum heiratest du mich nicht, wenn du ans Heiraten denkst? Muß es denn unbedingt eine Adelige sein, die dazu noch viel jünger ist als du?«

Kranter lachte ihr ins Gesicht. Er war sehr selbstsicher.

»Wenn ich einmal heirate, will ich gesellschaftlich auf- und nicht absteigen. Aber von Heiratsabsichten kann bei mir überhaupt keine Rede sein. Ich kenne genug gescheiterte Ehen und weiß, warum ich Junggeselle bleibe. Der Junge und du, ihr werdet mich einmal beerben. Punktum und basta.«

Rita blickte ihn prüfend an. »Bis dahin bin ich alt und grau, wenn ich es überhaupt noch erlebe«, sagte sie. »Ich hätte lieber heute ein etwas besseres Leben als irgendwann in ferner Zukunft vielleicht einmal ein großes Vermögen. Alex, ich warne dich, ich weiß mehr über dich, als du ahnst. Wenn du mit der Prinzessin von Schönegg irgendwelche Absichten haben solltest, vergiß sie so schnell wie möglich. Sonst könntest du eine unangenehme Überraschung erleben. Treib mich nicht zum Äußersten.«

»Und das wäre?«

»Ich drohe dir nicht. Ich wende mich nur an dein Verantwortungsgefühl, wenn du schon kein Gefühl und kein Herz mehr hast.« Rita näherte sich dem

Mann im Bürosessel und legte ihm die Hände auf die Schultern. Sie versuchte, sich an ihn zu schmiegen. »Du bist einmal anders gewesen. Es war schön zwischen uns. Wir sprachen von Liebe. Was hat dich so sehr verändert?«

Kranter wich mit dem fahrbaren Sessel zurück.

»Das ist lange her, laß mich mit den alten Geschichten zufrieden. Gib Ruhe, ich muß arbeiten. Morgen fliege ich geschäftlich nach Düsseldorf, es kann sein, daß ich ein oder zwei Tage dort bleibe. Siggi bringt mich zum Flughafen. Jetzt habe ich mir noch Unterlagen anzusehen.«

Rita blickte ihn traurig an.

»Es ist gut, Alex. Wie verhält es sich mit den Fußballschuhen für Holger?«

»Glaubst du etwa, ich finde mein Geld auf der Straße?« regte sich Kranter auf. Eine Flasche Sekt in den Bars, wo er manchmal Abwechslung suchte, kostete weit mehr als die Fußballschuhe. »Zu Weihnachten kann er meinetwegen die Fußballschuhe von mir erhalten, vorher auf keinen Fall. Und kauf dann nicht zu teure.«

»Aber er möchte sie doch so gern jetzt schon haben.«

»Ich möchte auch vieles. Halte mich nicht von der Arbeit ab.«

Rita Malleck verließ das Zimmer. Kranter hielt sie derart knapp, daß sie Holger die Fußballschuhe nicht selber kaufen konnte. Einfach vom Haushaltsgeld dafür zu nehmen, wagte sie nicht. Kranter konnte äußerst unangenehm werden. Er löschte bald das Licht und ging zu Bett. Am nächsten Morgen flog er nach Düsseldorf, wo er sich seinen dortigen Geschäften widmete.

Gegen Mittag rief er im Modeatelier Cleven & von Schönegg an und verlangte dringend den Chef. Er brachte Edgar Cleven mit Andeutungen und durch das Betonen seiner Wichtigkeit dazu, mit ihm einen Termin für den Abend zu vereinbaren. Er wollte den Modeschöpfer in seiner Wohnung aufsuchen.

Es dämmerte, als Kranter auf der Kö aus einem Taxi stieg, sich über die Sprechanlage anmeldete und im Lift zum Penthouse hochfuhr. Cleven erwartete ihn. Durch den mit glitzernden Seidenfäden durchwirkten Anzug des Modeschöpfers fühlte sich Kranter geradezu deklassiert.

Cleven bat ihn in sein Arbeitszimmer.

»Ich habe von Ihnen gehört, Herr Kranter«, bemerkte er. Er öffnete seine goldene Zigarettendose, nahm eine Zigarette heraus, ohne Kranter eine anzubieten, und blies den Rauch in seine Richtung. »Was führt Sie zu mir?«

»Es handelt sich um Ihre Teilhaberin, die Prinzessin von Schönegg«, antwortete Kranter. »Ich finde, Sie sollten sich von ihr trennen und den Arbeitsvertrag mit ihr lösen. Ein Grund dafür dürfte Ihnen schon einfallen.«

»Soso, und weshalb sollte ich das?«

Cleven legte die Fingerspitzen gegeneinander. Er wippte in seinem Colani-Sessel.

»Um sich Unannehmlichkeiten zu ersparen. Schauen Sie sich das einmal an.«

Kranter öffnete sein Aktenköfferchen und legte Cleven den Briefumschlag mit den Fotos hin. Der

Modeschöpfer öffnete den Umschlag, holte die Fotos mit spitzen Fingern heraus und betrachtete sie. Er rauchte ruhig weiter.

»Ihre Geschäftsfreunde wären sicher schockiert, wenn sie diese Aufnahmen sehen würden«, sagte Kranter. »Auch andere Leute dürften sich dafür interessieren.«

Er grinste erwartungsvoll.

»Einfach entsetzlich«, sagte Cleven. Seine Schnurrbartenden zuckten. »Voilà, ich bin so schlecht getroffen, daß ich wie ein Greis aussehe. Die Aufnahmen sind von einem miserablen Fotografen geschossen.«

»Von einer automatischen Kamera«, entgegnete Kranter. »In einem gewissen Club.«

»Tz, tz. Die Technik entbehrt jeden Feingefühls und aller Kreativität. Das sieht man hier wieder einmal.« Cleven ließ die Fotos in den Papierkorb gleiten. »Das war es dann wohl, Herr Kranter. Leben Sie wohl.«

»Es handelt sich lediglich um Abzüge der Originalaufnahmen«, sagte Kranter. »So einfach ist der Fall nicht erledigt. Haben Sie mir sonst nichts mitzuteilen?«

»Doch. Nämlich, daß Sie ein ganz großes Schwein sind. Scheren Sie sich hinaus, bevor ich unangenehm werde!« Cleven pfiff schrill auf zwei Fingern. Kranter zuckte zusammen, etwas Derartiges hatte er von dem Modeschöpfer nicht erwartet. Durch die nur angelehnte Tür raste knurrend und bellend die Dogge herein. »Halt, Hidalgo!« rief Cleven, als die Dogge sich auf den aufschreienden Kranter stürzen wollte.

Hidalgo rückte knurrend näher. Kranter kletterte auf seinen Stuhl. Er hatte scheußliche Angst.

»Das ... das wird Sie teuer zu stehen kommen, Herr Cleven! Rufen Sie Ihren Hund zurück! Auf der Stelle!«

Cleven blies einen kunstvollen Rauchring.

»Ich reagiere nur auf eine höfliche Ansprache und das Wort bitte, Herr Kranter. Hidalgo, faß!«

Die Dogge schnappte nach Kranters Hosenbeinen. Sie verbiß sich ins linke und zerrte. Kranter schrie um Hilfe.

»Bitte, Herr Cleven, nehmen Sie Ihren Hund weg!«

»Das gefällt mir schon besser. Laß los, Hidalgo. Ja, so ist 's gut, braver Hund.«

Zitternd stieg Kranter vom Stuhl. Er wendete sich zur Tür. Cleven kraulte die Dogge, die immer noch knurrend und böse dreinblickte, im Nackenfell.

»Nehmen Sie bitte zur Kenntnis, Herr Kranter, daß ich nicht so leicht einzuschüchtern bin. Sollte eines dieser Fotos, die Sie sich durch üble Machenschaften aus dunklen Quellen besorgt haben, auftauchen, dann wende ich mich sofort an die Kriminalpolizei. Sie können meinen Ruf schädigen, aber ich werde es überleben. Und Sie erhalten die Quittung dafür, darauf können Sie sich verlassen. Ich warne Sie auch dringend vor anderen Schritten.«

Kranter verbeugte sich, immer noch zitternd.

»Den Ausgang finden Sie wohl allein«, fuhr Cleven fort. »Übrigens, Ihr Jackett sitzt schlecht. Die Rückennaht ist eine Idee zu weit links angesetzt. Sie sollten den Schneider wechseln.«

Kranter war froh, daß Cleven ihn laufen ließ. Der Modeschöpfer drückte die Zigarette aus.

»Dafür verdienst du ein Beefsteak«, sagte er zu seinem Hund. »Ich möchte nicht, daß du dir an Kranter den Geschmack verdirbst, mein Guter.«

*

Das neue Jahr brachte viel Arbeit. Angela trat mehrmals auch als Mannequin auf. Sie führte ihre eigenen Modelle vor. Bevor sie in Düsseldorf im Modesalon Cleven und von Schönegg auf den Laufsteg ging, hatte sie Lampenfieber wie noch nie zuvor in ihrem Leben.

Sie fürchtete, ihre Strumpfnaht sei verrutscht, sie würde mitten auf dem Laufsteg stolpern und unter allgemeinem Gelächter ins Publikum fallen oder einfach nicht mehr weiterkönnen.

Clarisse, das Starmannequin, machte ihr Mut. Clarisse hielt der Prinzessin einen zerknautschten einäugigen Teddybär hin.

»Hier, küß ihn, das ist mein Talisman. Du kannst auch über die linke Schulter spucken, das bringt Glück.«

Angela entschied sich für den Talisman.

»Toi, toi, toi!« sagte Clarisse. »Das erstemal ist immer das schwerste. Stell dir vor, daß dein Freund am anderen Ende des Laufsteges steht und auf dich wartet. Nur ihm führst du das Kleid vor. Und lächle, immer nur lächeln.«

Edgar Cleven huschte herbei.

»Es ist Zeit, ma princesse. Viel Glück!«

Er hielt die Daumen. Angela hörte die Ankündigung nur mit halbem Ohr. Der Vorhang öffnete sich, sie schritt den Steg entlang. Gedämpfter Beifall erscholl. Die Klänge eines Strawinsky-Klavierwerkes untermalten den Auftritt der Prinzessin.

Das Modell »Blauer Schnee« bestand aus einem weißen Hut, einem raffiniert einfach geschnittenen Kleid mit kurzer Rückenschleppe und halbhohen weißen Stiefeln. Perlenclips und ein durchbrochener Gürtel waren der einzige Schmuck.

Angela trug ihre blonden Haare glatt frisiert und unterm Hut aufgesteckt. Sie wirkte blutjung, bildschön und kühl. Sie bewegte sich auf dem Laufsteg mit einer Grazie, die alle bezauberte – als ob sie nie in ihrem Leben etwas anderes getan hätte.

Anhaltender Beifall erscholl, als die Prinzessin abtrat. Edgar Cleven und Clarisse eilten hinterm Vorhang auf sie zu. Der Modeschöpfer küßte ihr die Fingerspitzen.

»Ausgezeichnet, Chérie. Das war ganz große Klasse.«

»Du hast das Zeug zu einem Starmannequin«, sagte Clarisse. Neidlos gestand sie Prinzessin Angela zu: »Mit deinem Design-Talent, deiner Schönheit und deinem Auftreten stichst du sogar mich aus. Na ja, ich bin schließlich keine Prinzessin.«

Angela küßte sie auf beide Wangen.

»Du hast mir sehr geholfen, Clarisse. Laß uns Freundinnen sein.«

»Nur zu gern.«

Bei dieser Modenschau führte Angela noch zwei weitere selbstentworfene Kreationen vor. Sie erhielten alle Beifall, Bestellungen erfolgten vom Fleck weg. Cleven beglückwünschte seine Teilhaberin.

»In der mir eigenen genialen Art habe ich mit dir einen guten Griff getan«, stellte er fest. »Verzettele dich nicht, hör auf mich, dann können wir es zusammen weit bringen.«

Auch von Clarisse erhielt Prinzessin Angela wertvolle Tips. Angela war, wenn sie nicht gerade in Düsseldorf im Atelier stand, in ganz Deutschland unterwegs. Cleven & von Schönegg stellten ihre Kollektionen in München, Stuttgart, Hamburg, Frankfurt und Berlin vor. Die Modelle der Prinzessin kamen gut an. Sie war der gefeierte neue Star der deutschen Modewelt.

Angela interessierte sich, obwohl ihr der Kopf schwirrte, auch fürs Geschäftliche. Ein Reinfall wie mit Baron Caspar von Leynhagen sollte ihr nicht noch einmal passieren. Die Einkäufer der großen Kaufhäuser und Boutiquenketten feilschten ums Geld wie weiland der Geizhals Shylock.

Angela lernte Personen und Persönlichkeiten kennen. Sie stellte an sich fest, daß sie eine außerordentliche Elastizität und eine gute Auffassungsgabe besaß. Ihre Erziehung kam ihr sehr zugute. Sie war eine Dame, und sie konnte sehr kühl und bestimmt ihren Willen durchsetzen.

Selbst routinierte Geschäftsleute mit jahrzehntelanger Branchenerfahrung staunten.

Die liebe Konkurrenz versuchte natürlich, die Kollektion Edgar Clevens und der Prinzessin auszustechen und schlechtzumachen. Das Gerücht, daß Angela als Designerin völlig unbegabt sei und ihre

Kreationen von einer anderen entworfen würden, wurde in die Welt gesetzt.

Die Prinzessin lud Fachleute verschiedener Modejournale und -salons ins Düsseldorfer Atelier ein und skizzierte ihnen etwas vor, daß ihnen die Luft wegblieb. Danach war sie glänzend gerechtfertigt. Die Konkurrenz hatte das Nachsehen.

Angela erfuhr, daß die Modebranche eine selbständige Welt mit ganz eigenen Gesetzen ist. Bei all den Störungen und Problemchen, die ihr jeden Tag widerfuhren, wunderte sie sich allmählich, daß überhaupt etwas klappte. In Hamburg, in einem Alstercafé, sprach sie mit Edgar Cleven darüber.

»Voilà«, meinte der Modeschöpfer, »daran gewöhnt man sich. Wir beide und unsere Mitarbeiter haben im Grunde genommen nur ein Interesse, nämlich Mode zu kreieren, vorzuführen und zu verkaufen. Auch wenn es manchmal chaotisch aussieht, schadet das nichts, man muß den Dingen ihren Lauf lassen, dann klappt das schon. Wer es zu verbissen ansieht und ständig alles dirigieren und in der Hand haben will, scheitert. Das tötet die Kreativität. Hektik und Spannung gehören dazu.«

Er breitete in theatralischer Geste die Hände aus.

»Ich habe noch nie eine Kollektion erlebt, die rechtzeitig und ohne Streß fertig für den Laufsteg gewesen wäre«, fuhr er fort. »Bisher wurde noch jedesmal in letzter Minute etwas geändert, die Nächte vor der Eröffnung mußten durchgearbeitet werden, und zum Schluß wußte keiner mehr, wo ihm der Kopf stand. In ein paar Fällen stichelten die Schneiderinnen noch an den Modellen, während die Mannequins sie anhatten und auf ihren Aufruf warteten.«

»Aber wie hältst du das seit soundsoviel Jahren aus, Edgar?« fragte die Prinzessin. »Ich habe schon jetzt keine Nerven mehr.«

»Ich auch nicht. Das ist das ganze Geheimnis. Du wirkst übrigens in jeder Situation überlegen und elegant. Fantastisch.«

Angela lachte.

»Mir ist keineswegs immer so zumute.«

»Das ist gleich. Hauptsache, es sieht so aus. Wegen der Sommerkollektion müssen wir uns übrigens noch verschiedenes einfallen lassen. Dann wirst du auch ins Ausland reisen, um sie vorzuführen. Nach Rom, London und nach Paris.«

»In die Hochburg der Haute Couture?«

»Gewiß. Wenn jemand in Paris Erfolg haben kann, dann du. Mir schwebt übrigens noch etwas vor, aber das ist noch nicht spruchreif.«

»Was?«

Cleven vergewisserte sich, daß an den anderen Tischen niemand mithörte. Er senkte die Stimme.

»Ich oder vielmehr wir wollen ein Parfüm auf den Markt bringen, unter der Markenbezeichnung Prinzessin Angela. Ich plane sogar eine ganze Kosmetikkette. Parfüm, Eau de Cologne, Lippenstift, Cremes, Deodorants und so weiter. Kombiniert mit deinen Entwürfen müßte es sich ausgezeichnet verkaufen. Was hältst du davon?«

»Das ist hier nicht der rechte Ort, um ausführlich darüber zu sprechen. Ich muß darüber nachdenken, Grundsätzlich abgeneigt bin ich nicht.«

Bei der Sommerkollektion, die schon in Planung war, noch ehe die Frühjahrsmoden richtig anliefen, sollte Angela mit ihren Entwürfen noch stärker hervortreten. Das bedeutete mehr Arbeit.

Bald werde ich eine richtige Jet-Setterin sein, dachte Angela, als sie im Taxi zum Hotel zurückfuhren. Eine Karrierefrau, in der ganzen Welt unterwegs, mit einem Terminkalender anstelle des Herzens. Aber das ist wohl der Preis, den ich bezahlen muß.

Andere Frauen haben einen Geliebten oder eine Familie. Ich habe ein Schloß. In absehbarer Zeit würde sie überhaupt keine Schulden mehr haben. Dann beabsichtigte sie, jeden Pfennig, den sie erübrigen konnte, in Schloß Schönegg zu stecken. Es sollte wieder ein Schmuckstück werden, wie in den Glanzzeiten der fürstlichen Familie.

Tief in Angelas Herz regte sich eine Sehnsucht. Sie unterdrückte sie. Sobald sie konnte, wollte sie wieder nach Schloß Schönegg fahren.

*

Kranter blieb in der Zwischenzeit nicht untätig. Nach der Blamage, die er bei Edgar Cleven erlebt hatte, kehrte er nach München zurück. Er kochte vor Zorn und schwor dem Modeschöpfer Rache. Aber er wagte es nicht, die Fotos zu gebrauchen, denn er glaubte Clevens Ankündigung, daß er dann sofort zur Kripo gehen würde.

Kranter hatte etwas zu verlieren. Er war früher in recht zwielichtige Geschäfte verwickelt gewesen. Auch jetzt lief bei ihm keineswegs alles astrein. Die

Steuerfahndung hätte sich für manche seiner Geschäftsmethoden sehr interessiert.

Kranter wollte vermeiden, daß man ihn genau unter die Lupe nahm, was bei einer Anzeige durch Cleven zweifellos geschehen wäre. Besonders da der Modeschöpfer einiges in Bewegung gesetzt hätte.

In seine Villa zurückgekehrt, bemerkte Kranter schon am ersten Tag, daß der kleine Holger mit nagelneuen Fußballstiefeln herumlief. Kranter kam aus der Villa und rief den Jungen, der gerade zu seinen Freunden auf die Bolzwiese wollte, zu sich.

Holger näherte sich ihm scheu. Er fürchtete sich vor Kranter, der ihm noch niemals Herzenswärme gezeigt hatte. Er wußte, daß Kranter sein Vater war, damit kam Holger schlecht zurecht. Er hatte seine Mutter schon gefragt, warum er keinen Papa hätte wie seine Freunde.

Rita hatte ihm darauf nur antworten können: »Wir sind nicht verheiratet, weißt du? Bei uns herrschen besondere Verhältnisse. Außerdem muß dein Vater sehr viel arbeiten, um das Haus hier und alles zu bezahlen. Deshalb ist er oft so gereizt, und er hat keine Zeit, um sich mit dir zu beschäftigen.«

»Dann brauche ich ihn auch nicht als Vater«, hatte der damals fünfjährige Holger geantwortet.

Seinen Freunden gegenüber mußte er für sich behalten, daß Kranter sein Vater war. Kranter wollte nicht, daß es allzu bekannt wurde. Was er dem Kind damit zufügte, daran dachte er nicht.

»Woher hast du denn die Fußballschuhe?« fragte Kranter. Und als Holger, ein magerer Blondschopf, nicht gleich antwortete, fuhr er ihn an: »Willst du mir wohl Auskunft geben?«

Er hob drohend die Hand. Holger hatte Angst, daß er ihn schmerzhaft am Ohr ziehen würde.

»Von Onkel Siggi«, stammelte er.

»Von Siggi, soso. Geh jetzt spielen, lauf! Bring mir nicht noch mal deine Freunde in den Park, ich kann sie nicht gebrauchen.«

Holger spurtete davon, froh, Kranters Nähe entronnen zu sein. Der Millionär ging hinters Haus, wo sein Chauffeur die Limousine wusch. Siggi pfiff dabei vor sich hin. Ein kalter Wind fegte durch die kahlen Bäume und riß die letzten Blätter von den Ästen. Kranter schlug den Jackenkragen hoch.

Er sah Siggi eine Weile zu, bis der ihn bemerkte.

»Brauchen Sie mich, Herr Kranter?«

»Erst heute abend wieder. Sag einmal, ich zahle dir wohl zuviel Geld, daß du dem Jungen Fußballstiefel kaufen kannst. Was hat dich denn dazu gebracht?«

Siggi blickte verlegen zu Boden. Er rieb sich über die Boxernase.

»Holger hatte sein ganzes Herz an diese Fußballstiefel gehängt. Er ... Na ja, soviel kosten sie auch nicht. Wenn es ihn glücklich macht, dachte ich. Habe ich sie ihm eben gekauft.«

»Du hast wohl ein weiches Herz, Siggi. Das kann ich bei meinen Geschäften absolut nicht gebrauchen. Gewöhn es dir ab, sonst bist du der falsche Mann für mich.«

»Jawohl, Herr Kranter.«

Der Millionär kehrte in die Villa zurück. Siggi blickte ihm nach. Er krampfte die Hände so fest zusammen, daß die Knöchel weiß hervortraten und kein Tropfen Wasser mehr aus dem Schlauch quoll.

»Dreckskerl«, murmelte Siggi. »Einen noch fieseren Halunken als dich müßte man lange suchen.«

Er haßte seinen Chef. Aber er wußte, daß er eine gleichwertige Stellung lange würde suchen müssen. Deshalb sprang er, wenn Kranter pfiff, und er war ihm ein willfähriges Werkzeug.

Weihnachten verstrich, das neue Jahr begann. Kranters Geschäfte florierten. Ihm gehörte ein Kreditinstitut, das Wucherzinsen kassierte. Außerdem war er auf dem Immobiliensektor vertreten. Kranter besaß in mehreren Großstädten Altbauten und Wohnsilos. Seine Mieter hatten wirklich wenig zu lachen. Ganz besonders gern vermietete er zu gewaltig überhöhten Preisen an Gastarbeiter.

Die Prinzessin von Schönegg steckte Kranter immer noch im Kopf. Wenn er sie an sich band, würde er damit auch Cleven treffen. Kranter war schlau, bisher hatte er noch alle seine Ziele erreicht. Er zweifelte nicht daran, daß es auch diesmal der Fall sein würde. Er verfolgte die Laufbahn Prinzessin Angelas, sammelte Zeitungsausschnitte, die sie betrafen, und ließ sich von Mittelsmännern Berichte über sie und die Vorgänge in Schloß Schönegg zuschicken. Er wartete und lauerte auf eine günstige Gelegenheit.

Dann hatte er eine Idee. Er wollte sich ins Modegeschäft drängen und die Prinzessin gebührend beeindrucken.

*

Die Matinee fand im neuen Schloß statt, einem stilvollen Rahmen für die Kollektion einer Prinzessin. Der Ansager plauderte, noch blieb der Laufsteg leer. Angela begrüßte verschiedene Ehrengäste. Sie sah hinreißend aus in einem champagnerfarbenen Chiffonkleid mit duftig weitschwingendem Rock, das ebenfalls zu ihren Kreationen zählte. Die Haare trug sie an der Seite hochgesteckt und gelockt.

Sie lächelte. Die Herren küßten ihr alle die Hand. Manche Damen machten sogar einen Hofknicks, obwohl die Prinzessin betonte, daß das nicht notwendig sei. Auch die Presse, nicht nur die Fachpresse, war erschienen.

Der Stuttgarter Filialleiter des Modehauses Cleven & von Schönegg erlebte seinen großen Tag. Er stellte vor und war tätig. Der Beginn der Matinee war für zehn Uhr angesagt. Bis das erste Mannequin den Laufsteg betrat, würde es gut halb elf werden. Aber die Verzögerung hatte man einkalkuliert, sie erhöhte die Spannung.

Der große Saal war bis auf wenige reservierte Plätze besetzt. Man hatte sich darum gedrängt, Angelas Matinee beiwohnen zu dürfen. Gerade das als in der Modewelt etwas provinziell geltende Stuttgart wollte seinen Ruf aufbessern.

Allard-Trabner, der Filialleiter, stellte im Wandelgang wieder zwei Herrschaften der Prinzessin vor. Allard-Trabner, dem die weinrote Smokingjacke mit der weißen Nelke im Revers wie angegossen saß, räusperte sich.

»Fürstin Helene und Fürst Benno von Pleskau, Durchlaucht.« Er verbeugte sich vor den Neuankömmlingen. »Es ist uns eine große Ehre. Darf ich Ihnen die Prinzessin von Schönegg vorstellen?«

»Um sie kennenzulernen, sind wir hier«, antwortete Fürstin Helene. Sie hielt Allard-Trabner die weißbehandschuhte Rechte zum Handkuß hin und wendete sich gleich an Angela. »Meine Liebe, wir haben soviel von Ihnen gehört. Ich gestehe, ich konnte es vor Neugier nicht mehr aushalten.« Lächelnd fügte sie hinzu: »Meinen Sohn kennen Sie bereits.«

»Ja«, antwortete Angela verwirrt. Sie machte einen Hofknicks. Blitzlichter flammten auf. »Ich ... äh, wir hatten bereits das Vergnügen. Das heißt, es handelte sich um ... um eine flüchtige Begegnung.«

»Dafür aber eine sehr rasante.« Fürst Benno lächelte. Die Fürstin war seine Mutter, eine kleine, vornehme Dame um die Sechzig, erlesen gekleidet. Sie hielt sich sehr gerade. »Ich bin erfreut, Sie wiederzusehen, Angela.«

Er küßte Angelas Hand. Die Berührung seiner Lippen löste ein Prickeln bei ihr aus. Benno trug seinen etwas saloppen Maßanzug lässig. Seine dunklen Locken und die warmen braunen Augen beeindruckten Prinzessin Angela mehr als beim ersten Mal.

Er sagte leise: »Ich bin Ihretwegen hier. Dies ist die erste Mode-Matinee meines Lebens.«

»Ich hoffe, Sie werden nicht enttäuscht sein«, antwortete die Prinzessin. »Durchlaucht, darf ich Sie und Fürst Benno während der Pause in unsere Räume bitten. Hinter die Kulissen, sozusagen.«

Man hatte außer dem Saal noch verschiedene Räumlichkeiten zur Verfügung gestellt bekommen.

Ein kaltes Büfett war aufgebaut. Die Fürstin zeigte sich angetan.

»Aber gewiß, gern. Nennen Sie mich nur Helene, schließlich sind wir unseresgleichen. Ich kannte übrigens Ihren Herrn Vater und Ihre leider so früh verstorbene Frau Mutter gut, Angela. Ich habe Sie mehrmals gesehen, als Sie ein kleiner blonder Lockenkopf waren. Manchmal habe ich an Sie gedacht und mich gefragt, was wohl aus Ihnen geworden ist.«

»Was aus allen kleinen Mädchen wird, Mutter«, bemerkte Benno launig. »Ein großes Mädchen. Wir wollen in den Saal gehen, es ist an der Zeit.«

Abermals flammten Blitzlichter auf. Fürstin Helene und Fürst Benno waren ziemlich spät erschienen. Bald sollte der Saal geschlossen werden.

Allard-Trabner flüsterte Prinzessin Angela zu: »Auf das Erscheinen der Fürstin können wir uns etwas einbilden. Sie spielt in der besseren Gesellschaft die führende Rolle.«

Angela wollte sich gerade abwenden und durch die Seitentür zu den Umkleideräumen gelangen, als noch jemand eintraf. Das Herz der Prinzessin setzte einen Schlag aus, als sie den gutgekleideten Mann mit den kalten grauen Augen und dem spärlichen Haar über der Stirn erkannte.

Es war Konsul h. c. Alexander Kranter. Ihn begleitete eine elegante Frau mit langen schwarzen Haaren und hochangesetzten Backenknochen. Sie hatte einen Zug ins Ordinäre, fand Angela. Kranter eilte auf sie zu.

Angela wendete sich brüsk ab. Ihn sollte jemand anderes begrüßen, wenn überhaupt, und wenn ihm das nicht paßte und er gleich wieder ging, um so besser. Noch im Betrieb des Umkleideateliers, wo letzte Hand an die Modelle angelegt wurde, fragte sich die Prinzessin, was Kranter hier wollte.

Mehr noch dachte sie an Fürst Benno. Ihr Herz flog ihm entgegen. Angela ermahnte sich zur Disziplin und Ruhe. Sie war verstimmt über sich selbst, daß sie wie eine verliebte Siebzehnjährige reagierte, daß ihr Puls hämmerte und ihr abwechselnd heiß und kalt wurde.

Er ist ein Playboy, sagte sie sich. Ein fürstlicher Herzensbrecher. Sie beschloß, kühl und zurückhaltend zu sein. Aber vielleicht war der junge Fürst ohnehin nur auf das Drängen seiner Mutter erschienen, die ihn als Begleiter dabeihaben wollte, und hatte Angela nur geschmeichelt. Vielleicht interessierte er sich überhaupt nicht für sie.

Die Matinee begann.

*

Bis zur Pause verlief alles wie geplant. Die Kollektion fand viel Beifall, besonders die bezaubernden Ideen, die Prinzessin Angela beigesteuert hatte, gefielen. Außer in ihre eigenen Modelle waren sie auch in die übrige Kollektion eingegangen.

Bereits in der Pause erhielt Angela zahlreiche Glückwünsche von Fachleuten. Auch Fürstin Helene äußerte sich offen.

»Ich bin entzückt, Angela, wirklich entzückt. Ich verstehe etwas von Mode. Den romantischen Look, der diese Kollektionen auszeichnet, hatten Edgar

Clevens Modelle früher nicht. Es wirkt sich außerdem günstig aus, daß manche seiner Manieriertheiten weggefallen sind. Wie haben Sie den guten Edgar dazu gebracht, sich von seinen Überspanntheiten zu trennen? Er hatte zum Beispiel ein Faible für Fächerkragen, das allgemein bekannt war. Edgars Garotten hießen sie in Fachkreisen. Bisher habe ich noch keine ›Garotte‹ gesehen. Werden wir nach der Pause damit überrascht?«

»Nein, Durch … Helene.« Die Prinzessin lächelte spitzbübisch. »Es ist nicht leicht gewesen, meinen Teilhaber dazu zu bringen, darauf zu verzichten. Ich mußte ihm androhen, wenn er weiter seine Garotten brächte, nicht mehr auf den Laufsteg zu treten.«

»Das haben Sie fertiggebracht? Superb!«

Angela erinnerte sich gut an die Szene im Atelier. Cleven hatte leidend geröchelt, den Himmel zum Zeugen angerufen, daß er nicht mehr Herr im eigenen Haus sei, und den Untergang eines ganzen Modezeitalters heraufbeschworen.

Mit den Worten: »Edgar geht, ob er je wiederkehrt, ist ungewiß!« war er aus dem Atelier gelaufen und in sein Penthouse entschwunden. Am nächsten Tag war er zurückgekehrt, als ob nichts geschehen sei.

Natürlich hatte auch Angela bei ihren Entwürfen Abstriche machen müssen. Sie erkannte Clevens längere Erfahrung und seine Fähigkeiten an. Er war ohne Zweifel der bedeutendste deutsche Modeschöpfer, und Angelas Stern ging strahlend neben dem seinen auf.

Sie befruchteten sich gegenseitig.

Fürst Benno näherte sich der Prinzessin, ein Sektglas in der Hand.

»Eine kleine Erfrischung gefällig? Ich hatte Ihnen nach unserem Unfall geschrieben und hoffte, von Ihnen zu hören. Leider erhielt ich nur eine Absage.«

»Ich war sehr beschäftigt.«

Im Speisesaal drängten sich die zum Pausenbüfett geladenen Gäste. Eine führende Modejournalistin ersuchte Angela um ein kurzes Interview über die Kollektion. Die Prinzessin bat sie, sich einen Moment zu gedulden.

»Anscheinend sind Sie immer beschäftigt«, sagte Fürst Benno. »Wie sieht es nach Beendigung der Matinee mit Ihrer Zeit aus?«

»Ich fliege übermorgen nach Rom«, antwortete Angela. »Vorher gibt es noch viel zu erledigen. Ich muß mit den Einkäufern verhandeln und habe in der hiesigen Filiale Verschiedenes zu ordnen.«

»Also keine Zeit für die Liebe?« Benno hatte eine Art, zu sprechen, die Angela in Verlegenheit brachte. Das gelang keinem anderen Mann. »Bei einer bildhübschen jungen Dame ist das ungewöhnlich.«

»Bei mir ist vieles ungewöhnlich.« Noch eine Minute unter dem Blick seiner Augen, und ich werde schwach und bitte ihn selbst um ein Rendezvous, dachte Angela. Das konnte sie sich jetzt nicht gestatten. »Sie entschuldigen mich jetzt.«

Sie grüßte die Fürstin, die sich abgewendet hatte und mit Bekannten plauderte, und eilte zum Interview. Danach ertönte der Gong, der die Fortführung der Matinee ankündigte. In gelockerter Stimmung kehrte man in den Empfangssaal zurück.

Angela fragte Allard-Trabner nach der Begleiterin Kranters.

»Das ist Verena Blahaska, ihr gehört eine Boutiquenkette«, teilte er ihr mit. »Drittklassig, wenn Sie mich fragen. Die Blahaska versucht sich auch selbst mit Entwürfen. Sie stiehlt Ideen, wo sie nur kann, ändert Modelle ab und schneidert sie nach. Dabei war sie bisher so geschickt, daß man sie nicht belangen konnte.«

»Aha.«

Bei Konsul h. c. Kranter und Verena Blahaska hatten sich zwei verwandte Seelen gesucht und gefunden. Sie hätten miteinander an Schlechtigkeit wetteifern können.

»Kein Stück von unserer Kollektion geht an Frau Blahaska oder Herrn Kranter«, bestimmte Angela. »Ich will ihnen ihr Metier nicht leichter machen, als unbedingt nötig.«

»Die Matinee ist öffentlich«, gab der Filialleiter zu bedenken. Er war nervös. »Auftrag ist Auftrag. Wir können nicht anders handeln.«

»Ich kann das.« Prinzessin Angela sprach sehr bestimmt, ohne ihre Stimme dabei auch nur im geringsten zu erheben. »Sie wissen Bescheid, Bodo.«

»Ob das in Edgar Clevens Sinn ist?«

»Ich bin seine Teilhaberin, er hat mir Handlungsvollmacht eingeräumt. Also muß es wohl. Ich begebe mich jetzt in die Umkleidekabine. Bestehen noch irgendwelche Unklarheiten, Bodo?«

»Nein, Durchlaucht.«

Allard-Trabner verbeugte sich. Ein faszinierendes Mädchen, dachte er, als Angela wegging. Strahlend schön und so hart wie ein Diamant. Und das in dem jugendlichen Alter. Er wußte nichts von den wahren Gefühlen der Prinzessin.

Angela hatte vor der Pause zwei Modelle vorgeführt. Unmittelbar nach der Pause zeigte sie sich wieder dem erwartungsvollen Publikum. »Marie Antoinette« hieß das Modell. Angela hatte es im Renaissance-Stil entworfen. Es bestand aus einem dekollierten, enganliegenden Samt-Oberteil mit weiten Ärmeln und ausgestelltem Seidenrock in drei Farbtönen. Dazu trug Angela das Armband und die Perlenkette aus dem Familienschmuck der Schöneggs, die einzigen Stücke, die sie gerettet hatte.

Ein breiter Gürtel umspannte ihre schmale Taille. Dieses Kleid fand besonderen Beifall. Angela hatte ihre Frisur rasch abändern lassen. Schuberts Forellen-Quintett erklang, als sie über den Laufsteg förmlich dahinschwebte.

Sie hatte nur für einen einzigen unter den Zuschauern Augen: für Fürst Benno. Dennoch entging ihr nicht, daß Kranter mit den Fingern schnippte und sich an Verena Blahaska wendete. Mit Handzeichen orderte Frau Blahaska dieses Modell.

Eine Angestellte des Modehauses eilte herbei, um die Bestellung aufzunehmen. Allard-Trabner hatte Angelas Anweisung, betreffend Kranter und die Blahaska, noch nicht weitergegeben. Später würde es schwerer möglich sein, die Bestellung zu annullieren.

Angela wollte sofort klare Verhältnisse schaffen. Gerade dieses Modell mochte sie Kranter und Konsorten nicht gönnen. Noch auf dem Laufsteg wendete sie sich den beiden und ihrer Angestellten zu.

»Fräulein Marbach, bitte nehmen Sie diese Bestellung zurück. Wir verkaufen nicht an die Herrschaften.«

Das Forellen-Quintett aus den Stereolautsprechern verstummte. Gemurmel erhob sich. Fragen wurden gestellt. Die Prinzessin wollte gerade hinterm Vorhang verschwinden, als sich Kranter mit hochrotem Kopf erhob.

»Oho, was soll das heißen? Ist mein Geld etwa nicht gut genug? Ich bin Kompagnon von Frau Blahaska. Uns gehört eine bedeutende Boutiquenkette. Wir zahlen bar.«

»Ich will mich mit Ihnen nicht über Geld unterhalten, Herr Konsul h. c.«, antwortete die Prinzessin beherrscht. »Unser Modehaus zählt Sie nicht zu seinen Kunden, Ihre Teilhaberin ebensowenig. Bitte, nehmen Sie das zur Kenntnis.«

Es war still geworden im Saal. Alles lauschte und beobachtete, um nichts von der Sensation zu verpassen. Verschiedene, die Modelle skizziert hatten, hörten auf, mit dem Bleistift auf dem Papier herumzukritzeln. Kranter wollte nicht nachgeben.

»Man wird in Zukunft mit mir und Frau Blahaska in der Modebranche zu rechnen haben!« tönte er. »Ich kaufe die gesamte Kollektion, wenn es sein muß zum doppelten Preis.«

Triumphierend blickte er in die Runde. Er sah eisige Mienen. Kranter, der Kredithai und Mietwucherer, hatte sich hier verrechnet. In der Mode zählten andere Dinge, als er es gewöhnt war, nämlich Stil und Eleganz. Kranter glaubte, gesiegt zu haben. Er wendete sich an die Angestellte, die immer noch neben Verena Blahaska stand.

»Notieren Sie!« befahl er großspurig. »Sie haben die Kollektion soeben abgesetzt, man wird die Modelle bald preisgünstig in den Blahaska-Boutiquen erwerben können.«

»Nein«, sagte Angela kalt. »Herr Cleven und ich legen Wert darauf, daß unsere Modelle nur in den ersten Häusern geführt werden. Wir verramschen nicht. Merken Sie sich das, Herr Kranter. Frau Blahaska und Sie sind als Abnehmer unerwünscht. Es gibt Dinge, die für Geld nicht zu kaufen sind.«

Damit wendete sie sich ab und verschwand hinterm Vorhang, der den Durchgang verdeckte. In die Stille, die ihrem Abgang folgte, klatschte jemand laut und vernehmlich: Fürst Benno von Pleskau. Fürstin Helene fiel ein, dann begann der anhaltendste Applaus, den dieser Saal je erlebt hatte.

Die Kaufhaus-Einkäufer, deren Bestellungen dankbar angenommen wurden, fühlten sich durch Prinzessin Angelas Äußerung aufgewertet. Der Beifall klang Kranter und der Blahaska wie Donnerhall in den Ohren, aber kein freundlicher.

Die Boutiquen-Chefin zupfte Kranter am Ärmel.

»Gehen wir. Hier haben wir nichts mehr verloren.«

»Aber ...«

»Kein aber. Kommen Sie.«

Sie verließen den Saal. Auf dem Weg zum Parkplatz schimpfte Kranter los.

»Eine Unverschämtheit ist das! Dieses Flittchen bildet sich ein, weil sie eine Prinzessin ist, kann sie sich alles erlauben. Aber das soll ihr vergehen. Dann soll sie ihre Fummel eben für sich behalten.«

»Das wird sie nicht, die Kollektion findet reißenden Absatz«, antwortete Verena Blahaska. Sie blieb stehen. »Herr Konsul, unsere Wege trennen sich jetzt. Nach der Blamage, die ich gerade Ihretwegen hinnehmen mußte, lege ich auf Ihre Teilnehmerschaft keinen Wert mehr. Ich hätte Sie für geschickter gehalten. Bleiben Sie nur bei Ihrem Metier, für das meine sind Sie nicht geeignet.«

Damit stöckelte die Blahaska davon. Kranter schnaufte. Er griff nach seiner dicken Brieftasche. Aber sie half ihm jetzt auch nichts. Kranter kannte die einschlägigen Gesetze, und er wußte, daß Cleven & von Schönegg ihm nichts zu verkaufen brauchten, wenn sie nicht wollten, ja, daß ihm die Prinzessin sogar für ihre Modeveranstaltungen Hausverbot geben konnte.

Er verließ das Schloß, unfreundliche Bemerkungen über den Adel vor sich hin murmelnd.

*

Nach der Matinee begannen Verkaufsverhandlungen, die sich bis in den späten Nachmittag hinzogen. Als Angela in einer Verhandlungspause ihre Post sichtete, fiel ihr ein schmaler Umschlag mit einer aufgedruckten Fürstenkrone und einem Wappen in die Hände.

Sie öffnete es und las: *Liebe Prinzessin, würden Sie mir das Vergnügen bereiten, mich morgen nachmittag,*

*16 Uhr, zu einer Soiree auf Schloßgut Pleskau zu besuchen? Lassen Sie mir bitte umgehend telefonisch Bescheid geben. Helene, Fürstin von Pleskau.*

Angela zögerte. Sie fühlte sich zu dem jungen Fürsten hingezogen, aber sie hatte auch Angst, denn sie spürte, die Begegnung mit ihm würde ihr Leben verändern. Angela strebte in die Richtung einer Karrierefrau. Wo sollte die Liebe da Platz haben?

Ich kann mich nicht verstecken, dachte sie. Außerdem wäre es unhöflich, die Einladung der Fürstin, einer alten Bekannten meiner verstorbenen Eltern, abzulehnen. Sie rief eine Angestellte herbei und bat sie, die auf der Karte angegebene Telefonnummer anzuwählen und Bescheid zu geben.

»Ich werde zur Soiree der Fürstin erscheinen.«

Die Angestellte teilte Angela eine Weile später mit, daß sie den Auftrag erledigt hatte. Fürstin Helene wollte Angela durch ihren Chauffeur abholen lassen.

*

Hier könnte man leben, dachte Angela, als sie im Fond der fürstlichen Limousine das Schloßgut am Schurwald erreichte. Es lag auf einem idyllischen Fleckchen Erde mit bewaldeten Hügeln und grünen Feldern. Der Himmel war blau wie blankgeputzt, die Häuser, an denen die Prinzessin vorbeifuhr, sauber und ländlich.

Alles atmete einen tiefen Frieden, der ihr in der Hektik der letzen Monate fremd geworden war.

Dann sah sie, von alten Bäumen umstanden, das fürstliche Anwesen. Wehmut erfaßte sie, als sie es mit Schloß Schönegg verglich. Bei den Pleskaus war alles hervorragend in Schuß. Während Angela sich mühte, das Geld für die Schloßrestaurationen aufzubringen, die wie ein Moloch immer mehr verschlangen, hatten die Pleskaus anscheinend keine derartigen Sorgen.

Ihr Schloß aus dem 19. Jahrhundert war gediegen, aber nicht zu groß. Hier brauchte es keinen neuen Dachstock und Ähnliches. Ein stattliches Gutshaus mit Nebenbauten stand in der Nähe des Schlosses. Auf dem Feld knatterte ein Arbeiter im blauen Anzug, klobige Stiefeln an den Füßen, mit dem Traktor entlang, als die Prinzessin vorbeifuhr.

»Gehört alles Land in der Umgebung den Pleskaus?« fragte die Prinzessin den Chauffeur.

»Ha no«, antwortete er mit gemütlichem schwäbischem Dialekt. »So ischt es.«

Im Schloß führte ein Diener Angela sofort in den Salon, wo sie die Fürstin erwartete. Die Prinzessin hatte einen sehr kleinen Kreis erwartet, aber es waren über zwei Dutzend Gäste da. Fürstin Helene eilte ihr mit ausgestreckten Armen entgegen.

»Liebe Angela, ich freue mich, daß Sie uns besuchen konnten. Herzlich willkommen in unserem Schloß.«

Sie schauspielerte nicht. Angela spürte die Herzlichkeit dieser lebensfrohen Frau. Die Fürstin mochte sie, daran gab es keinen Zweifel. Angela wurde vorgestellt. Ihre Augen suchten nur nach einem. Endlich erschien er – mit einer entzückenden jungen Dame mit kastanienbraunem Haar an seiner Seite.

Angela wäre am liebsten davongelaufen. Ich hätte es mir denken können, sagte sie sich. Das ist seine Verlobte oder Freundin. Ich bin in Herzensangelegenheiten, bei all meiner geschäftlichen Cleverneß, eine dumme Göre.

»Meine Tochter Birgitta«, sagte die Fürstin. »Meinen Sohn kennen Sie bereits, Angela.«

Ein ganzes Gebirge fiel Angela vom Herzen. Sie bemühte sich um Selbstbeherrschung und begrüßte die Geschwister möglichst unbefangen. Benno strahlte sie an.

»Ich fürchtete schon, Sie hätten wiederum keine Zeit für mich«, sagte er. »Dank Mama sind Sie doch noch erschienen.«

Birgitta war, wie sich herausstellte zwei Jahre jünger als Angela. Birgitta hakte sich gleich bei ihr ein. Sie plapperte und fragte. Mode und Kleider interessierten sie sehr, und die Karriere, die Angela gemacht hatte, imponierte ihr. Fürst Erich von Pleskau, Fürstin Helenes Gatte, hielt sich in Südamerika auf. Es war Archäologe und Forscher aus Leidenschaft und als solcher oft im Ausland.

Die Verwaltung seines Besitzes hatte er nur zu gern in die Hände seines einzigen Sohnes gelegt. Fürst Benno war, wie Angela nebenbei erfuhr, Doktor rer. pol., er hatte auch noch zahlreiche andere Interessen. So war er unter anderem Oberstleutnant der Reserve und badischer Tennismeister.

Die Prinzessin gewann einen anderen Eindruck von dem Mann, den sie für einen reichen adeligen

Playboy gehalten und bei dem sie Vergnügungen als einziges Lebensziel angenommen hatte. Birgitta plauderte unbefangen mit der Prinzessin.

»Ich glaube, Benno hat ein Auge auf dich geworden«, sagte sie, als sie endlich einmal wieder unter vier Augen sprechen konnten. »Dein Bild steht auf dem Bord in seinem Zimmer.«

»Tatsächlich? Woher hat er es denn?«

»Das weiß ich nicht.«

Es gab viele Möglichkeiten. Prinzessin Angela war schließlich prominent. Sie fragte Birgitta, ob Benno eine Verlobte oder eine Freundin hätte.

»Du interessierst dich also auch für ihn? Wie schön, du gefällst mir nämlich.«

Sie standen im Gang vor einer Fensternische. Eine milde Brise wehte durchs geöffnete Fenster herein. Angela wehrte verlegen ab.

»Ich erkundige mich nur aus allgemeinem Interesse.«

»Warum soll ich es dir nicht sagen? Benno hatte zahlreiche Freundinnen, er ist schließlich schon neunundzwanzig.«

Für die neunzehnjährige Birgitta war das ein Alter. »Seine Verlobung mit einer französischen Komtesse scheiterte, sie war ihm zu leichtlebig.«

Sie legte eine dramatische Pause ein und fügte hinzu: »Er überraschte sie in der Kabine seiner Yacht vor Cannes in flagranti mit seinem besten Freund, einem Schauspieler. Der Schauspieler mußte zum Hafen schwimmen, die Komtesse setzte Benno an Land und sah sie von da an nie wieder an. Er hat unter dieser unglücklichen Liebe lange gelitten.«

»Wo seid ihr denn?« rief Benno da. Auch er hatte den Salon verlassen. »Man fragt schon nach Ihnen, Angela.«

»Entschuldigt mich bitte«, zwitscherte Birgitta, die eine kleine Intrigantin war, und huschte davon.

Angela und Benno standen sich allein gegenüber. Wie gut er aussieht, dachte die Prinzessin. In seinen Augen erkannte sie, daß er alles andere als oberflächlich war. Er kannte auch den Schmerz – und die Bitterkeit einer enttäuschten, gescheiterten Liebe.

Sie ist strahlend schön, ging es Benno durch den Kopf. Ob sie innerlich wirklich die hartherzige, clevere Karrierefrau ist, als die sie vielen erscheint? Es gibt Gerüchte um sie und Edgar Cleven …

Er spürte Eifersucht. Nicht einmal bei Nicole, der Komtesse de Lardeaux, war das auf Anhieb so gewesen. Die Stärke seiner Gefühle wunderte Benno selbst. Er spürte eine seltsame Verspannung im Hals. Wenn er sich vorstellte, daß ein anderer Mann Angela küßte, hätte er rasend werden können.

Sie muß einen Freund haben, dachte er. Ein so schönes Mädchen kann nicht allein sein, oder die Männer sind alle blind.

Er faßte Angelas Hand.

»Man vermißt Sie«, sagte er. »Sie sind der Mittelpunkt und das Glanzstück unserer Soiree.«

»Ich will die Gäste Ihrer Mutter nicht enttäuschen, Benno. Aber mir wäre ein Gang über die Felder lieber. Ich bin gern in der Natur.«

»Ich auch. Können wir das Angenehme mit dem Nützlichen verbinden und nach dem Abendessen ausreiten? Sie bleiben doch länger, Angela?«

»Gewiß.«

Angela wäre liebend gern in seine Arme gesunken. Sie fühlte sich zu Benno von Pleskau hingezogen wie noch zu keinem Mann vor ihm. Aber die Etikette verlangte, daß sie zuerst einmal Höflichkeiten austauschten. Es war auch ein erregendes Spiel, sich einander allmählich zu nähern.

Hand in Hand kehrten sie zum Salon zurück. Erst vor der Tür ließen sie sich los. Benno öffnete Angela die Tür, das Stimmengewirr wurde lauter. Gesichter wendeten sich ihr zu. Fürstin Helene und die um sie versammelten Damen belegten Angela gleich wieder mit Beschlag.

Die Prinzessin antwortete ihnen freundlich und bescheiden. Sie war ohne Allüren, und es gefiel ihr, daß die Fürstin sie mütterlich in ihr Herz schloß. Ihr freundliches Wesen gewann Angela selbst bei jenen Damen Sympathien, die sonst in jedem hübschen Gesicht sofort eine Konkurrenz witterten.

Fürst Benno konnte seine Augen nicht von Angela abwenden. Ihre Schönheit und ihr Charme überstrahlten alle.

*

Angela genoß es, wieder einmal im Sattel zu sitzen. Schloß Schönegg hatte lange keinen Reitstall mehr, er war zu teuer. Hunter, Angelas brauner vierjähriger Hengst, flog förmlich über die Feldwege. Fürst Benno folgte auf dem Rappen Ivory.

Der Fürst saß im Sattel, als ob er mit dem Pferd verwachsen wäre. Er war ein hervorragender Reiter.

Angela bemerkte ihre mangelnde Übung. Sie hatte schon als Kind reiten gelernt, man verlernte es nie. Aber, wie in jeder Sportart, war Training nötig, um sich fit zu halten.

Die Prinzessin kam mit Hunter gut zurecht. Er war feurig, doch nicht zu widerspenstig. Sie trieb den Fuchs zu schnellerem Tempo an.

»Achtung! Dort sind die Gräben und ein Zaun!« rief Benno hinter ihr her.

Lachend setzte die Prinzessin darüber hinweg. Ihre Haare flogen im Wind. Seit langer Zeit hatte sie sich nicht mehr so wohl und lebendig gefühlt.

Sie ritten bis zum Waldrand. Die Pferde dampften. Benno wischte sich den Schweiß von der Stirn. Angela öffnete die obersten Blusenknöpfe und fächelte sich Kühlung zu.

»Donnerwetter, das war ein Sprung«, sagte Benno. »Das hätte ich Ihnen nicht zugetraut.«

»Dachten Sie etwa, ich könnte nur am Zeichenbrett stehen?« fragte die Prinzessin schnippisch.

Die Sonne war schon halb untergegangen. Der Himmel glühte im Westen. Rosa und pinkfarbene Wolken schwammen im Abendrot.

»Dort vorn ist eine Bank. Wollen wir uns einen Moment hinsetzen und rasten?« schlug Benno vor.

Sie banden die Pferde an und gingen zu der Bank, die an einem Hügelhang stand, unter jungen Eichen. Man hatte von diesem lauschigen Platz aus einen schönen Ausblick, auch auf Schloß Pleskau. Der Abendwind säuselte in den Bäumen.

Benno legte den Arm um Angelas Schultern. Sie ruckte näher zu ihm, und sie schauten sich verliebt in die Augen. Angelas Augen strahlten wie zwei Himmelssterne. Bennos waren wie dunkle, tiefe Seen.

»Ich liebe dich«, flüsterte der Fürst. »Vom ersten Moment an, als ich dich sah, damals in München, empfand ich etwas für dich. Dein Bild wich nicht mehr aus meinem Gedächtnis. Ich habe versucht, dich zu vergessen, als ich deine Absage erhielt, aber es gelang mir nicht. Ich war die treibende Kraft, ich habe meine Mutter dazu bewogen, die Matinee aufzusuchen.«

»Auch ich habe oft an dich gedacht«, sagte Angela. »Ach, Benno, ich war so sehr enttäuscht von einem anderen Mann. Und ich mußte …« Sie hatte erwähnen wollen, wie es um Schloß Schönegg stand, und daß sie ungeheuer hart arbeitete, um es zu erhalten. Aber ihr Stolz hielt sie davon ab. Benno sollte nicht glauben, daß sie etwa seine finanzielle Unterstützung suchte. »… ich mußte an meine Karriere denken. Ich liebe meinen Beruf nämlich.«

»Dagegen ist nichts einzuwenden. Ich mag keine Adelsfräulein, die nur die Hände in den Schoß legen, sich etwas auf ihren Namen einbilden und auf den geeigneten Mann warten. Ich stelle mir deinen Beruf sehr interessant und kreativ vor, faszinierend. Doch darüber wollen wir jetzt nicht sprechen. Sondern – über uns. Angela.«

»Benno …«

Die Prinzessin flüsterte seinen Namen. Ihre Lippen fanden sich. Ein Vogel zwitscherte über ihnen, als sie sich küßten. Er zirpte noch eine ganze Weile. Die beiden hielten sich eng umarmt. Erst als es schon fast dunkel war, kehrten sie wieder zum Schloß zurück.

»Was sollen wir erzählen, weshalb es so spät geworden ist?« fragte Angela.

»Am besten gar nichts«, antwortete Benno lachend. »Man würde uns ohnehin nicht glauben. Du übernachtest im Schloß, Angela, wir haben genug Gästezimmer. Morgen kannst du nach Stuttgart zurück.«

»Ich bin gern einverstanden, Benno.«

Angela wollte in Bennos Nähe sein. Bald mußte sie nach Rom fliegen, nach London, nach Stockholm. Sie stand auf dem Sprungbrett zur Weltkarriere. Kurz zuvor hatte sie sich nichts sehnlicher gewünscht. Aber jetzt sah es anders aus.

Denn Prinzessin Angela war verliebt. Es wird sich alles regeln, dachte sie. Wenn unsere Liebe stark genug ist, bewältigt sie alle Schwierigkeiten.

Nachdem sie die Pferde in den Stall gebracht hatten, wo ein Reitbursche sie übernahm, duschte Angela und zog sich um. Sie hatte zum Ausreiten einen Reitdreß von Birgitta ausgeliehen, der ungefähr gepaßt hatte. Jetzt betrat Angela wieder den Salon der Fürstin von Pleskau.

Fürstin Helenes Soiree war in eine anspruchsvolle Abendgesellschaft übergegangen. Eine gefeierte Konzertpianistin, die zum Freundeskreis der Fürstin gehörte, spielte Klavier. Die Fürstin begrüßte Angela wieder sehr freundlich. Benno hatte seiner Mutter mitgeteilt, daß die Prinzessin über Nacht im Schloß bleiben würde.

»Ich bin sehr erfreut, Ihre Gesellschaft noch länger genießen zu können«, sagte die Fürstin. »In Schloß Pleskau sind Sie immer willkommen.«

»Vielen Dank.«

Angela fühlte sich zu dieser Frau, die gleichzeitig aristokratisch und mütterlich war, hingezogen. So wie Fürstin Helene hätte sie sich eine Mutter gewünscht.

Niemand stichelte oder fragte.

Nur Birgitta bemerkte anzüglich: »Ihr seid aber reichlich lange weggewesen. War der Abendhimmel so schön?«

»Erst war er schön, dann war er dunkel«, antwortete Benno, der unbemerkt hinzugetreten war. »Du bist aber wirklich sehr neugierig, Schwesterherz.«

Prinzessin Birgitta kicherte nur. Obwohl sie nur zwei Jahre jünger als Angela, war sie wesentlich unreifer. Ein Backfisch, wie man früher gesagt hätte. Birgitta war keine Waise und sehr behütet aufgewachsen, während Angela schon früh auf sich selbst gestellt gewesen war und hatte lernen müssen, sich im Leben zu behaupten.

Das hatten ihr auch das gute Malvchen und ihr Berthold nicht abnehmen können. Der Tod ihres Vaters war für Angela ein schlimmer Schock gewesen, und Baron Caspar hatte ihr den Vater nie ersetzen können.

Ein Opernsänger mit Frack und weißer Hemdbrust stellte sich vor dem Klavier in Positur. Er nahm den Schal ab und räusperte sich mehrmals.

»Auf besonderen Wunsch singe ich für meine Freunde ein paar Stücke«, kündigte er an.

Beifall belohnte ihn im voraus. Er verbeugte sich und begann.

»Ach, wie so trügerisch sind Frauenherzen ...«

Er schmetterte die Arie des Herzogs aus Verdis Oper ‚Rigoletto' in den Raum.

»Ausgerechnet«, flüsterte Angela Benno zu. »Bei soviel anwesenden Damen hätte er etwas anderes wählen können.«

»Er steht kurz vor seiner zweiten Scheidung«, raunte Benno ihr ins Ohr. »Da muß man es ihm nachsehen.«

»Danach wird er wohl nur noch den Bettelstudenten singen.«

Die beiden Verliebten stahlen sich davon. Benno wollte Angela die Ahnengalerie zeigen – sagte er. Dort würde sie niemand stören, und die dahingeschwundenen Pleskaus würden hoffentlich ihre Freude haben an den beiden jungen Herzen, die sich gefunden hatten.

*

Angela verbrachte die Nacht im Gästezimmer. Fürst Benno war viel zu gut erzogen, als daß er sich ihr zu nähern versucht hätte. Angela träumte von dem jungen Fürsten.

Die Morgensonne weckte sie.

Am offenen Fenster erledigte die Prinzessin bei Radiomusik ihre Frühgymnastik. Darauf legte Angela jeden Tag wert. Sie hatte ein Aerobic-Programm für sich zusammengestellt, das sie wirklich ganz strikt einhielt.

Später frühstückte Angela mit der Fürstenfamilie.

»Ich würde gern länger bleiben«, sagte sie beim Abschied. »Es hat mir auf Schloß Pleskau sehr gut gefallen. Aber die Pflicht ruft.«

»Sie können jederzeit wiederkommen, einer extra Einladung bedarf es nicht mehr«, antwortete Fürstin Helene. »Sie sind ein bemerkenswertes junges Mädchen.«

»Rom stelle ich mir herrlich vor«, schwärmte Prinzessin Birgitta. »Ich würde dich zu gern begleiten, Angela. Könnt ihr nicht noch ein Mannequin gebrauchen?«

»Du büffelst für dein Abitur!« bemerkte die Fürstin streng.

»Komm wieder, Angela!« Benno griff nach Angelas Händen.

Seine Augen sagten mehr als tausend Worte. Die fürstliche Limousine fuhr vor. Benno trug Angelas Koffer zum Wagen. Dann setzte er sich keck die Chauffeurmütze auf.

»Selbstverständlich fahre ich dich nach Stuttgart, Angela.«

Sie stiegen ein, Angela nahm auf dem Beifahrersitz Platz. Benno trug, da sich sein Vater meist im Ausland aufhielt und ihm die Verwaltung des Besitzes überlassen hatte, offiziell bereits den Fürstentitel.

Fürstin Helene und Birgitta winkten dem abfahrenden Wagen nach.

»Benno hat sich in Angela verliebt, Mama«, sagte Birgitta, als sie ins Schloß zurückkehrten. »Ach, es ist herrlich, verliebt zu sein.«

»Woher weißt du denn das?« Die Fürstin fiel aus verschiedenen Wolken. Birgittas Antwort: »Aus Romanen«, stellte sie nicht ganz zufrieden.

*

In Rom sah es günstig aus, denn Edgar Cleven hatte viel Verständnis für die zwei Verliebten.

»Der kreative Mensch braucht Entspannung und sinnliche Anreize«, sagte er. »Bummelt auf der Via Veneto, seht euch die Stadt an. Die Kollektion steht, wenn du dich auf deine Auftritte als Mannequin konzentrierst, genügt das, Angela.«

Rom, Roma Eterna, war im Frühsommer ein Erlebnis. Angela mochte die Italiener, die eine andere Lebensart hatten als die schwerblütigeren Deutschen. Sie hatte in Rom auf Anhieb Freunde gefunden. Gern hätte sie sich ihnen mehr gewidmet, aber Benno ging natürlich vor.

Sie schlenderten in den blühenden Gärten der Villa Borghese und sahen den Papst bei einer kurzen Audienz im Vatikan. Angela amüsierte sich köstlich, als Benno im Kolosseum den Löwen spielte, der sich weigerte, einen Gladiator zu verspeisen.

Am liebsten saßen die beiden in den Straßencafés, dort sah man und wurde gesehen. Die allgegenwärtigen römischen Fotoreporter ließen das junge Glück allerdings nicht unbeachtet. Sie legten sich sogar gegenüber dem »Ambasciatori Palace«, dem Hotel, in dem Angela wohnte, mit Teleobjektiven auf die Lauer in der Hoffnung, Sensationsfotos zu erhaschen.

Angela und Benno wendeten Tricks an, um die neugierigen Fotoreporter abzuschütteln. Taxiwechseln hieß eins ihrer Spiele. Oder sie betraten ein Gebäude durch den Vordereingang und verließen es durch die Hinter- oder Seitentür gleich wieder.

Auch die Fußgängerunterführungen boten Möglichkeiten, um Unerwünschte loszuwerden.

Die Modeveranstaltungen in Rom waren ein großer Erfolg. Die römischen Couturiers gestanden der Prinzessin eine große Begabung zu. Man umschwärmte Angela, und ohne Clevens Mithilfe wäre es ihr und Benno nicht möglich gewesen, dem gesellschaftlichen Rummel zu entfliehen.

Cleven hatte sich mittlerweile von seinem Butler Theo getrennt. Man sah den Modeschöpfer jetzt häufig mit einer berühmten Filmschauspielerin zusammen. Ob er sich geändert hatte, auf beiden Schultern trug oder nur mal eine andere Phase erlebte, stand dahin.

Rein menschlich konnte Angela ihrem Teilhaber nichts vorwerfen. Das gute Verhältnis zwischen ihnen bestand nach wie vor. Angela wußte von der Abfuhr, die Cleven Kranter erteilt hatte, und sie hoffte, diesen gräßlichen Menschen nie mehr sehen zu müssen.

Der Tag der Abreise rückte heran. Am Abend vor dem Abflug warfen Angela und Benno Münzen in den Trevibrunnen. Nach altem Brauch bedeutete das, daß sie nach Rom zurückkehren würden.

»Ich werde Rom und die Zeit hier nie vergessen«, sagte Benno, als sie davonschlenderten. »Ich liebe dich, Angela, ich kann dir gar nicht beschreiben, wie sehr.«

»Ich weiß nicht, wie ich die nächsten Tage ohne dich überstehen soll, Liebster«, gestand ihm Angela. »Ich zähle die Stunden bis zu unserem Wiedersehen.«

Benno brachte sie zu ihrem Hotel. Als er sich vor der Zimmertür verabschieden wollte, sah ihn Angela an. Er schloß die Tür hinter sich.

*

Kranter kochte vor Zorn. Er hielt ein Gesellschaftsblatt in den Händen, das die römische Romanze zwischen Prinzessin Angela von Schönegg und Fürst Benno von Pleskau ausführlich kommentierte. Nachdem Kranter den Artikel mehrmals gelesen hatte, zerknüllte er das Blatt und warf es in den Papierkorb.

Er saß am Frühstückstisch in seiner Münchener Villa. Der Tag war ihm nach dieser Lektüre verdorben. Verdrossen schob er das Frühstück von sich. Er verfolgte weiter seine Pläne in bezug auf die Prinzessin. Liebe war es von seiner Seite aus nicht, denn er konnte nicht lieben.

Mit der gleichen Selbstsucht und Besitzgier, mit der er seine Millionen zusammengerafft hatte, verfolgte er hartnäckig die Prinzessin. Er spann wieder Ränke.

»So geht es«, murmelte er und lachte häßlich. »Ich kriege sie doch, sie soll vor mir zu Kreuze kriechen, die stolze Adlige.« Er rieb sich raschelnd die Hände. »Dem Fürsten werde ich das Täubchen schon verleiden.«

Rita Malleck erschien, um das Frühstücksgeschirr abzuräumen. Sie sah, daß Kranter so gut wie nichts verzehrt hatte – sonst verfügte er über einen gesunden Appetit.

»Was ist los? Fühlst du dich nicht wohl?«

»Mir ist etwas auf den Magen geschlagen«, antwortete er verdrießlich.

Rita musterte ihn prüfend.

»Ich weiß auch, was. Die Prinzessin steckt dir im Kopf. Treib es mit ihr nicht zu weit, Alex, du mußtest bisher nur Niederlagen einstecken. Übrigens kann Siggi mich heute nachmittag ins Krankenhaus fahren? Ich muß Holger besuchen.«

Dem Jungen war der Blinddarm entfernt worden. Er hatte nachts plötzlich heftige Bauchschmerzen bekommen und war vom Notarzt in eine Klinik am anderen Ende von München eingewiesen worden. Die Verbindung mit den öffentlichen Verkehrsmitteln dorthin war umständlich.

»Was, schon wieder?« begehrte Kranter auf. »Und hier bleibt die Arbeit liegen. Wenn du Holger zweimal die Woche besuchst, reicht das völlig. Was mußt du denn jeden Tag zu ihm?«

»Er ist krank. Er sehnt sich nach einem vertrauten Gesicht. Du warst noch kein einziges Mal bei ihm, Alex, aber das erwarte ich von dir ja auch gar nicht.«

»Das wäre ja auch noch schöner!« Kranter hatte jemanden gefunden, an dem er seinen Verdruß auslassen konnte. »Du verziehst den Jungen. Das muß ich mir überlegen, ob hier weiter ein Platz für dich ist, wenn du deine Arbeit versäumst. Eine Menge Briefe sind liegengeblieben, die Geschäftspost muß beantwortet werden.«

»Das sind meistens Beschwerdebriefe von Mietern. Da stört es dich doch sonst nicht, wenn sie monatelang liegen. Die meisten beantwortest du ohnehin nicht.«

»Diesmal ist etwas vom Anwalt dabei«, brummte Kranter. »Das soll der Frohwein regeln, es wird Zeit, daß er sein Geld verdient. Siggi kann dich nicht fahren, den brauche ich selber. Wenn du Holger unbedingt aufsuchen willst, meinetwegen, aber bis übermorgen muß die Geschäftspost heraus sein, und wenn du dich nachts an die Schreibmaschine setzt, klar? Ich bin jetzt beschäftigt. Guten Tag!«

Damit ging er hinaus und begab sich ins Arbeitszimmer. Rita Malleck sah betroffen aus dem Fenster. Das Leben in Kranters Haus wurde immer unerträglicher für sie. Er legte seine Charakterfehler keineswegs ab, im Gegenteil, sie wurden bei ihm immer schlimmer.

Später, als sie saubermachte, begegnete Rita dem Chauffeur, der in einem Anbau der Kranter-Villa wohnte. Siggi fragte nach Holger. Er hörte sich Ritas Sorgen geduldig an.

»Sie schuften sich hier kaputt«, sagte er. Bisher waren die beiden beim förmlichen Sie geblieben, Kranter duldete keine Vertraulichkeiten unter seinen Angestellten. Zum Teil war auch Rita eine Angestellte. »Das ist zuviel, daß Sie noch stundenlang mit der Tram unterwegs sein sollen.«

Er zückte sein Portemonnaie und entnahm ihm einen Fünfzig-Mark-Schein.

»Hier, nehmen Sie ein Taxi. Und kaufen Sie Holger vom Rest etwas, er wird sich darüber freuen.«

Rita stiegen bei dieser freundlichen Geste die Tränen in die Augen. Bei Kranter war sie das nicht gewöhnt.

»Aber Herr Heuringer, das kann ich doch nicht annehmen. Nein, nehmen Sie das Geld wieder.«

»Wenn Sie es nicht behalten, versaufe ich es bis zum letzten Groschen«, antwortete Siggi. Er grinste über sein ganzes zerschlagenes Gesicht. »Dann sind Sie schuld, wenn mich der Kranter entläßt.«

Rita steckte den Schein in die Schürzentasche.

»Na ja, gut, ausnahmsweise. Aber nur wegen Holger. Was für eine Meinung sollen Sie von mir denn erhalten, wenn ich Geld von Ihnen annehme, Herr Heuringer?«

»Die Frage ist immer, wofür man es erhält. Sie könnten übrigens, wenn Sie nicht so abgearbeitet und verhärmt wären, hübsch sein, Rita. Sie waren bestimmt mal ein fesches Mädel.« Rita Malleck errötete. Es wunderte sie, daß sie das noch konnte.

»Manchmal kann ich es kaum noch ansehen, wie der Kranter Sie schikaniert«, sagte Siggi leise. »Der glaubt, wer nicht mindestens eine Million hat, der ist ein Dreck. Dabei sind Sie viel zu schade für ihn.«

»Pst, Herr Heuringer – Siggi. Nicht so laut. Er könnte uns hören.«

»Dann soll er doch. Irgendwann haue ich hier sowieso in den Sack.«

»Bitte überlegen Sie sich das noch eine Weile. Wenn Sie weg sind, dann haben Holger und ich hier gar niemanden mehr, der ... den wir mögen. Vielen Dank für das Geld, ich werde Holger von Ihnen grüßen. Wenn ich einmal Ihre Sachen waschen oder stopfen kann, helfe ich Ihnen gern. Ich muß jetzt weiterarbeiten.«

»Ich muß zu Kranter. Mal sehen, was er jetzt wieder hat. Letzte Woche mußte ich einem Abbruchunternehmer Geld auf die Hand zahlen, in Kranters Auftrag, damit er an einem Altbau die Balkone abriß, obwohl die Mieter noch drinnen wohnten. Kranter ist eine unrühmliche Ausnahme, aber trotzdem. Es ist schlimm, daß in unserem Staat so etwas überhaupt möglich ist.«

Rita Malleck summte vor sich hin, während sie den Staubsauger durch die Villa schob. Sie hatte schon lange nicht mehr gesummt. Das Kompliment, das Siggi ihr gemacht hatte, machte sie froh. Sie dachte freundlich an ihn.

Er sah wüst aus mit seiner zerschlagenen Visage, und er hatte eine Figur, die einen das Fürchten lehren konnte. Mit den Manieren nahm er es auch nicht so genau, und seine Fingernägel waren meistens schmutzig. Aber unter der rauhen Schale schlug ein gutes Herz, das bemerkte Rita mehr und mehr. Zum ersten Mal hatte sie gesehen, daß seine Augen freundlich und arglos waren, wie die eines großen Jungen.

Kranter schrieb in seinem Arbeitszimmer inzwischen selbst einen Brief. Er war ans Bauaufsichtsamt gerichtet, in dessen Zuständigkeitsbereich Schloß Schönegg fiel. Er schrieb, es sei seine Pflicht als guter Staatsbürger darauf hinzuweisen, daß das Schloß baufällig sei und den Menschen, die dort wohnten und ein und aus gingen, Lebensgefahr drohte.

Er könne vor seinem Gewissen nicht verantworten, das mit anzusehen und dazu zu schweigen. Als der Brief fertig war, klebte er ihn zu und frankierte ihn.

»Den wirfst du sofort ein«, befahl er dem wartenden Siggi. »Hinterher fährst du mich zur Detektei, ich werde gleich anrufen und mich ankündigen. Da ist bestimmt etwas zu regeln.«

Kranter wollte sich genauestens über die Fürstenfamilie von Pleskau erkundigen. Er wollte einen Ansatzpunkt finden, um die Liebe zwischen Angela und dem Fürsten zu zerstören.

Nach dem Besuch im Detektivbüro zeigte sich Kranter hochzufrieden. Er ließ sich zu einem Restaurant fahren. Siggi schickte er weg, um eine Bockwurst zu essen.

»In einer Dreiviertelstunde holst du mich wieder ab, aber pünktlich, ist das klar?«

»Jawohl, Herr Kranter.«

Zwischen Mockturtlesuppe und Hauptgericht wußte Kranter, wie er es anzupacken hatte. Der Detektiv hatte einige Informationen über die von Pleskaus parat gehabt und herumtelefoniert und weiteres eingeholt. Kranter wußte bereits, daß Fürstin Helene heikel war, was Etikettefragen und den guten Ruf betraf.

Und daß Fürst Benno mit seiner ungetreuen Verlobten, einer französischen Komtesse, eine schlimme Enttäuschung erlebt hatte. Ein paar anonyme Briefe an die Fürstin und Informationen an Fürst Benno über einen lockeren Lebenswandel und hohe Schulden der Prinzessin Angela reichen aus, dachte Kranter.

Danach werden die vornehmen Herrschaften Angela von Schönegg meiden wie eine Aussätzige. Das Rumpsteak schmeckte Kranter hervorragend, nachdem er diesen Plan gefaßt hatte. Sein schlechter Appetit vom Vormittag war verflogen.

*

In London regnete es die meiste Zeit, während Prinzessin Angela sich dort aufhielt. Die englischen Tageszeitungen schrieben, so schlechtes Wetter sei auf der Insel für diese Jahreszeit ungewöhnlich. Davon wurde es auch nicht besser.

Geschäftlich hatte die Prinzessin ihre erste große Bewährungsprobe im Ausland bestanden. Sie war nun auf sich gestellt. Edgar Cleven hatte sie nicht begleitet.

Die Engländer besaßen ein ganz anderes Naturell als die leicht zu begeisternden Italiener und waren auch in Modefragen weniger aufgeschlossen. Doch Angela eroberte die Insel mit Charme und Diplomatie. Die Londoner Boutiquen und Modefirmen rissen sich um ihre Entwürfe, im übrigen Land folgte man nach. Angela lernte Mitglieder der Königsfamilie kennen. Sie besuchte den Buckingham Palace.

Daß sie dort ausgewählte Modelle vorführen durfte, war der größte Erfolg für sie.

Cleven schickte ein Glückwunschtelegramm:

*hervorragend stop wilhelm der eroberer sollte sich schämen komma du hast england auf viel elegantere art gewonnen stop sehen uns in stockholm stop edgar*

Benno von Pleskau rief jeden Tag an. Mittlerweile vertelefonierten sie ein Vermögen.

Angela hatte Sehnsucht nach ihm. Seit jener Nacht in Rom war sie wie verwandelt und innerlich gespalten. Einerseits wollte sie ihre Karriere vorantreiben, der Erfolg spornte sie an. Andererseits war es ihr Herzenswunsch, Bennos Frau zu werden, mit ihm Kinder zu haben und im Schloß zu leben.

Diese beiden Dinge zu vereinbaren, erschien Angela immer schwieriger. In Stockholm erwartete man sie schon mit Spannung. Dort würde sie, genau am Tag der Eröffnung ihrer Kollektion, ihren 22. Geburtstag feiern. Dazu hatte sich auch Benno angesagt. Er wollte von München nach Stockholm fliegen und würde am Vorabend von Angelas Geburtstag und der großen Modenschau eintreffen.

Angela sehnte seine Ankunft herbei. Sie fieberte nach seinen Küssen und Zärtlichkeiten. Dabei wußte sie nicht, daß das Schicksal bereits wieder ausholte, um ihr weitere Schläge zu versetzen.

*

Benno hatte alles für seine Abreise vorbereitet. Ehe ihn der Chauffeur zum Flugplatz brachte, wünschte ihn seine Mutter zu sprechen. Das Fenster im hell und freundlich eingerichteten Arbeitszimmer der Fürstin war weit geöffnet, um die milde Juniluft einzulassen.

Fürstin Helene saß an einem zierlichen Schreibtisch. Sie hatte ihre Lesebrille auf. Ihr dunkles, von wenigen grauen Fäden durchzogenes Haar, war sorgfältig frisiert. Sie trug ein raffiniert einfach geschnittenes Sommerkleid. Es stammte aus Angelas Kollektion.

Die Fürstin hatte nur wenig Schmuck angelegt. Sie wirkte hoheitsvoll, aber freundlich.

»Welche Neuigkeiten hast du, Mama?« fragte Benno. »Du weißt, ich muß bald abreisen.«

»Selbstverständlich. Ich vergesse selten etwas, schon gar nicht etwas so Wichtiges. Dein Vater schreibt, daß sie wieder irgend etwas ausgegraben haben, was die Fachwelt in Aufregung versetzen wird. Ich weiß nicht, worum es sich diesmal handelt. Mit mir kann er wenig anfangen, ich bin ihm dreitausend Jahre zu jung.«

Benno lächelte. Seine Mutter hatte einen gesunden Humor.

»Davon bin ich entzückt. Es wäre schlimm für mich, eine Mumie zur Mutter zu haben. Papas Ausgrabungen sind wohl nicht der einzige Grund, weshalb du mich hast kommen lassen?«

»Nein. Sieh dir dieses Schreiben an. Es ist schon der dritte anonyme Brief dieser Art, den ich erhalte.«

Benno nahm das Blatt.

*Verehrte Fürstin*, lautete die Anrede, und die Unterschrift: *ein Freund*. Benno riß die Augen auf, während er las. Der Inhalt des Briefes trieb ihm die Zornesröte ins Gesicht.

»Das ist eine Infamie!« legte er los, als er die üble Lektüre beendet hatte. »Du glaubst doch hoffentlich kein Wort von diesen gemeinen Verleumdungen?«

»Ich habe noch nie soviel Schmutz auf einem Blatt Papier gesehen«, sagte die Fürstin. »Der Schreiber zieht den guten Ruf von Prinzessin Angela auf widerliche Weise in den Schmutz. Er unterstellt ihr alle möglichen Verhältnisse und den Lebenswandel einer Messalina. Er muß eine krankhafte Phantasie haben. Aber was bezweckt er damit?«

Benno war argloser als seine Mutter.

»Unsere Romanze wurde in den Illustrierten erwähnt und ist weiter Gegenstand des Interesses. Es gibt leider neidische Menschen. Der Schreiber dieses Briefes sollte sich in psychiatrische Behandlung begeben. Besonders empört mich, daß er sich als einen Freund unserer Familie bezeichnet.«

»Ich fürchte, er verfolgt einen handfesten Zweck, nämlich dich und Angela auseinanderzubringen. Die Briefe sind alle in München abgestempelt. Hast du oder hat Angela dort einen persönlichen Feind?«

Benno überlegte. Er mochte nicht alle Menschen, die auf dieser Welt herumliefen, aber einen ausgesprochenen Haß auf jemanden oder gar eine Todfeindschaft hatte er nicht. Er hatte schon Kontroversen erlebt, doch so schlimm, daß ihn jemand mit großem Haß verfolgt hätte, waren sie nie gewesen.

»Bei mir wüßte ich niemanden«, antwortete er ehrlich. »Angela müßte ich selber fragen.«

»Gib mir den Brief«, forderte seine Mutter ihn auf. Die Fürstin faßte das Schreiben mit spitzen Fingern an und warf es in den Papierkorb. »So, da sind auch die anderen gelandet. Wer es nicht wagt, sich mit seinem Namen zu seiner Meinung, wie immer sie sei, zu bekennen, verdient nicht, beachtet zu werden. Ich wünsche dir einen guten Flug – und grüße Angela.«

»Danke.«

Benno verabschiedete sich. Er küßte die Fürstin auf beide Wangen. Auf dem Flug nach Stockholm überlegte er. Seine Mutter hatte so reagiert, wie er es von ihr erwartet hatte. Aber in Fürst Benno hatte das anonyme Schreiben doch einen Gedankengang in Bewegung gesetzt. Daß Angela ihn betrog, glaubte er nie und nimmer.

Doch in dem Schreiben war auch von Schulden und finanziellen Problemen die Rede gewesen. Bisher hatte Benno immer geglaubt, Angela, die erfolgreiche Modeschöpferin, Teilhaberin eines renommierten Modehauses, hätte wie er selbst große finanzielle Mittel zur Verfügung. Sie hatte Geldangelegenheiten ihm gegenüber wirklich nie erwähnt und auch nie von Schwierigkeiten gesprochen.

Aber das verhielt sich anscheinend anders, als er den Eindruck gewonnen hatte. Benno beschloß, sich diskret zu erkundigen. Angela wollte er nicht fragen. Er wartete ungeduldig auf die Landung, um sie in die Arme schließen zu können.

*

Zu Angelas 22. Geburtstag gab Edgar Cleven in einem großen Hotel auf der Halbinsel Skeppsholmen, einem Stadtteil von Stockholm, ein rauschendes Fest. Genau gegenüber, über dem Strömmen-Kanal, lag das königliche Schloß. Cleven hatte das ganze Hotel gemietet. Natürlich fanden auch Modeschauen statt. Die Crème de la crème nicht nur der schwedischen Gesellschaft war geladen.

Angela war in ihrem weißen Ballkleid der Mittelpunkt des Festes. Fürst Benno stand ihr zur Seite. Er hatte ihr eine erlesene Halskette mit einem prachtvollen Solitär geschenkt, die Angela die Tränen in die Augen getrieben hatte. Für das Geld, das dieses Schmuckstück kostete, hätte man Schloß Schönegg ein neues Dach mitsamt Dachstuhl und Gebälk geben können, dachte sie. Aber das mochte sie Benno nicht erzählen.

Sie dankte ihm, und sie trug diese Kette während der folgenden Tage ständig. Am liebsten hätte sie sie noch nachts angelegt.

Nicht wegen der Kostbarkeit, sondern weil es Bennos erstes großes Geschenk und ein Zeichen seiner Liebe und Wertschätzung für sie war. Angela bedankte sich, nachdem sie den Ballsaal im strahlenden Lichterglanz gesehen hatte, noch einmal bei Edgar Cleven für das Geburtstagsfest.

Der Modeschöpfer erschien in einem Glitzeranzug im Disco-Style. Er rauchte seine Zigaretten in einer langen Spitze. Sein Schnurrbart war kühn hochgezwirbelt wie eh und je.

»Du hast dich in Unkosten gestürzt, Edgar«, sagte Angela.

»Voilà, ma chérie, das setze ich als Werbungskosten von der Steuer wieder ab. Sehen und gesehen werden, das ist meine Devise. Das Fest ist des Anlasses würdig. Heute blickt die Haute Couture nach Stockholm – und auf dich.«

Viel später betrachtete Angela vom Balkon ihrer Hotelsuite aus mit Benno den Sternenhimmel.

»Ach«, seufzte sie, »es war himmlisch, mit dir zu tanzen. Ich wünschte, dieser Walzer hätte nie geendet. Mir ist immer noch so, als schwebte ich auf Wolken.«

Benno küßte sie.

»Ich auch. Sieh, wie die Sterne funkeln. Aber deine Augen sind schöner und strahlender als sie alle.«

»Du verstehst es, Komplimente zu machen, Benno.«

Er verschloß ihr den Mund mit Küssen, hob sie hoch und trug sie leicht wie eine Feder ins Zimmer. Angela schloß die Augen. Benno ist der Mann meines Lebens, dachte sie glücklich. Ich hätte es nicht für möglich gehalten, daß es soviel Glück gibt auf der Welt.

Sie vergaß alle Sorgen über dem Zauber der Nacht.

*

Nach dem strahlenden Fest begann der Alltag wieder. Angela kehrte mit Edgar Cleven nach Düsseldorf zurück. Fürst Benno riefen dringende Geschäfte nach Schloßgut Pleskau. So teilte er Angela jedenfalls mit. Kaum in Düsseldorf eingetroffen, erwartete die Prinzessin eine kalte Dusche.

Berthold, der Haus- und Hofmeister von Schloß Schönegg, rief im Modesalon an. Er war, entgegen seiner sonstigen steifen, gemessenen Art, so aufgeregt, daß ihn die Angestellte in der Telefonzentrale kaum verstehen konnte und es eine Zeitlang dauerte, bis sie ihn weitervermittelte. Angela war gerade mit einer Kleideranprobe beschäftigt.

Clarisse, das Starmannequin, sollte eine von Angelas neuen Roben tragen, in einem Stil entworfen, auf den die Modewelt nach Angelas bisherigen Kreationen und Ankündigungen wartete. Die Prinzessin legte selber mit Hand an. Ungehalten nahm sie die Stecknadeln aus dem Mund, als man sie ans Telefon rief.

»Bleib' ruhig stehen, Clarisse«, bat sie ihre Freundin. »Der Saum ist noch nicht festgesteckt, außerdem fällt mir das Kleid noch nicht locker genug. Wir müssen Verschiedenes ändern.«

Bei Edgar Cleven konnte eine Anprobe den ganzen Tag dauern. Er war ein Perfektionist. Angela meldete sich am Telefon.

»Durchlaucht, es ist ein Unglück geschehen!« meldete Berthold. »Schloß Schönegg muß geräumt werden!«

Die Prinzessin war entsetzt.

»Was? Ist ein Gebäudeteil eingestürzt? Das ist doch nicht möglich. Ist jemand zu Schaden gekommen?«

»Nein, aber einige Mitarbeiter des Bauaufsichtsamtes waren da, um eine Überprüfung vorzunehmen. Jemand habe sie auf den Zustand unseres Schlosses hingewiesen, erwähnten sie. Sie haben uns strenge Auflagen erteilt und verfügten die einstweilige Räumung, bis diese erfüllt sind. Um die Auflagen zu erfüllen, sind Fristen gesetzt. Ich ...«

»Erklär' mir jetzt nicht die Einzelheiten, die will ich an Ort und Stelle erfahren!« rief Angela. »Ich fahre sofort an den Ammersee. Ich verhandele selbst mit den zuständigen Behörden.« Sie sah auf ihre Armbanduhr. »Jetzt ist es halb zwölf, heute abend bin ich da.«

»Sie wollen mit dem Wagen fahren? Seien Sie nur vorsichtig, Durchlaucht, es ist eine große Strecke! Ein Unglück genügt völlig. Malwine ist vollkommen gebrochen, ihr fällt nicht einmal mehr ein Sprichwort ein, um die Lage zu kommentieren.«

»Kopf hoch! Das ist kein Sprichwort, aber das einzige, was ich dazu sagen kann. Wir sehen uns bald.« Damit legte sie auf und eilte aus dem Atelier.

»Hallo!« rief Clarisse ihr nach. »Was ist mit mir? Soll ich bis übermorgen so stehenbleiben?«

Angela hörte es nicht mehr. Sie fuhr zu Clevens Penthousewohnung hinauf und klingelte. Der Meister öffnete ihr nach einer Weile. Er trug nur eine knappe Badehose und einen leichten Umhang. Er hatte, wie er es nannte, eine kreative Pause eingelegt. Ein Normalverbraucher hätte gesagt, Cleven hatte an seinem Swimming-pool in der Sonne gelegen und den lieben Gott einen guten Mann sein lassen.

»Warum bist du so aufgelöst, Chérie?« fragte er. »Hat Pierre Balmain um deine Hand angehalten?«

»Mir ist nicht nach Scherzen zumute. Stell' dir vor, Edgar, Schloß Schönegg muß geräumt werden. Es war alles umsonst. Das Schloß meiner Väter ist verloren, ich habe vergebens meine ganze Kraft eingesetzt, es zu retten!«

Weinend sank die Prinzessin an die Brust des Modeschöpfers. Hidalgo, die Dogge, winselte traurig und stupste die kalte Nase gegen Angelas Hand. Cleven führte Angela in sein Penthouse. Er war durch Angelas Gefühlsausbruch und die Verzweiflung, die daraus anklang, erschüttert. Edgar Cleven, der seine Launen und Überspanntheiten pflegte, hatte ein weicheres Herz, als er zugab.

Gerade für ihre Selbstbeherrschung hatte er Angela immer sehr bewundert. Jetzt brauchte sie Trost und Halt, und er hielt sich selber für ein schwankendes Rohr und wenig geeignet, ihr beides zu geben. Er versuchte es, so gut er konnte.

»Bitte, beruhige dich, meine Liebe. Hier, nimm einen Drink.«

»Nein, keinen Alkohol, ich muß noch eine große Strecke fahren.«

»Das kommt überhaupt nicht in Frage. Ich finde schon jemanden, der dich chauffiert, und wenn ich das selbst übernehme. Erzähle. Dazu hat man Freunde, daß man sich aussprechen kann.«

Angela gestand ihm, wie es tatsächlich um Schloß Schönegg stand, und wie hoch die veranschlagten Restaurierungskosten waren. Das hatte Cleven bisher nicht in vollem Umfang gewußt. Er hörte von den Auflagen des Bauaufsichtsamtes.

Angela saß auf der weißen Chintzcouch. Cleven schritt auf und ab, die Hände auf dem Rücken.

»Gib das Schloß auf!« verlangte er kategorisch. »Ich habe es dir gleich zu Anfang gesagt, du kannst es nicht halten, es hat keinen Zweck. Das Geld, um diese Summen aufzubringen, ist bei allen Verdienstmöglichkeiten in unserer Branche nicht drin. Selbst für dich nicht, Princesse. Schlag es dir aus dem Kopf!«

»Niemals!«

»Du hast den härtesten und entzückendsten Dickschädel, der mir jemals begegnet ist. Gut, dann kann ich dir nur noch den einen Rat geben: wende dich an deinen Freund, Fürst Benno von Pleskau. Seine Familie ist immens reich. Er könnte es sich erlauben, Schloß Schönegg zu restaurieren und zu erhalten.«

»Das ist ausgeschlossen. Welche Meinung sollten Benno und seine Angehörigen von mir erhalten? Sie würden mich letztlich noch als eine adelige Mitgiftjägerin einschätzen. Nein, das ist indiskutabel. Edgar, du mußt mir in die Hand hinein versprechen, dem Fürsten kein Wort, weder direkt noch indirekt, von diesen Dingen zu berichten. Sonst gebe ich unsere Teilhaberschaft auf.«

»Das würdest du, ich traue es dir zu. Du hast mein Wort, Angela. Versuch es auf deine Weise, dein Scheitern ist vorgezeichnet.«

»Ich werde die Banken ansprechen und probieren, Kredite für Schloß Schönegg zu erhalten. Bist du bereit, für mich zu bürgen, Edgar?«

»Bis zu einem gewissen Maß – jederzeit. Aber ich kann die Substanz der Firma nicht gefährden, das mußt du einsehen. Außerdem verschlingen die Kollektionen immer eine Masse Geld. Wir verdienen viel, aber die Kosten sind auch gewaltig.«

Cleven trug nicht dazu bei, sie zu senken, was seine Privateinnahmen betraf. Aber Angela schwieg darüber. Sie hatte ihr Schloß, der Modeschöpfer seinen extravaganten Lebensstil. Er stimmte seufzend zu, sie für einige Zeit zu entbehren, wie lange, das würde sich noch herausstellen.

Die Zeit des Sonnenbadens war für Edgar Cleven vorüber. Er mußte sich in die Arbeit stürzen. Angela hatte ihm viel abgenommen in letzter Zeit.

*

Fürst Benno hielt sich in München auf. Er logierte wie immer im ersten Hotel am Platz, dort hatte er eine Suite gemietet. An diesem Abend war er gerade dabei, die Smokingschleife zu binden, denn er wollte in die Oper. Er hatte vergebens versucht, Angela in Düsseldorf zu erreichen.

Sie war nicht zu erreichen, er hatte im Modesalon keine Auskunft erhalten. Wie du mir, so ich dir, dachte Benno. Ich werde nicht in meinen vier Wänden hocken, sondern mir Zerstreuung suchen.

Er meinte das nur in bezug auf die Kunst. Er wußte inzwischen besser über Angelas finanzielle Verhältnisse und Schloß Schönegg Bescheid. Die letzte dramatische Entwicklung war ihm allerdings noch unbekannt. Fürst Benno hatte gut lachen. Er lebte seinen Verhältnissen entsprechend. Die waren ausgezeichnet.

Das Telefon klingelte. Die Rezeption meldete sich.

»Hier ist ein Herr, der Sie dringend in einer vertraulichen Angelegenheit zu sprechen wünscht, Durchlaucht. Es geht um die Prinzessin von Schönegg.«

»Was für ein Herr?«

Der Portier senkte die Stimme.

»Die Bezeichnung Herr ist wohl nicht ganz zutreffend. Er sieht, mit Verlaub gesagt, wie ein Catcher oder ehemaliger Boxer aus. Seinen Namen wollte er mir nicht nennen. Er gab an, es handele sich um streng private Dinge. Soll ich ihn hinausweisen oder ihm mitteilen, daß Sie keine Zeit haben?«

Benno überlegte einen Moment. Er sah zwar romantisch aus, war aber kein Weichling. Als Oberstleutnant der Reserve war er in Selbstverteidigung geübt und verstand es, auf sich aufzupassen.

»Nein, schicken Sie ihn nur zu mir herauf. Ich sehe ihn mir an.«

»Wie Sie wünschen, Durchlaucht.«

Kurz darauf kam Siggi, Kranters Chauffeur, ins Wohnzimmer der Suite. Siggi blickte sich anerkennend um. Die wertvollen Möbel und die Seidentapete imponierten ihm. Er betrachtete den Fürsten, der gut in diese Umgebung paßte.

»Guten Abend. Sie möchten mich sprechen? Bitte. Wie ist übrigens Ihr Name?«

»Mein Name tut nichts zur Sache.« Kranter hatte ihm eingeschärft, sich nicht zu erkennen zu geben. »Ich meine es gut mit Ihnen, Durchlaucht, und möchte Sie vor einer großen Dummheit bewahren.«

Siggi starrte auf den Teppich. Kranter hatte ihn seinen Text auswendig lernen lassen und den Auftritt sogar mit ihm geprobt, wobei Kranter die Rolle des jungen Fürsten übernommen hatte. Fürst Benno verhielt sich leider nicht regelgerecht.

»Sehr selbstlos von Ihnen, aber ich benötige Ihre Hilfe nicht. Trinken Sie auf meine Rechnung einen Kognak an der Hotelbar und gehen Sie wieder. Ich wünsche Ihnen noch einen angenehmen Abend.«

»Hä?«

»Dort ist die Tür, Herr. Mit anonymen Besuchern verhandle ich nicht.«

Siggi wollte unbedingt seinen Auftrag erfüllen.

»Ich bin der Heuringer-Siggi«, sagte er. »Mich schickt ein Freund zu Ihnen, Durchlaucht.«

»Aha, ein Freund. Wohl gar derselbe Freund, der anonyme Briefe nach Schloß Pleskau schreibt. Interessant. Bitte, setzen Sie sich doch. Möchten Sie einen Kognak? Zigarette? Zigarre?«

Siggi begriff kaum, wie ihm geschah. Ein echter Fürst bediente ihn. Er erhielt einen Kognak eingeschenkt und entzündete eine dicke Brasil. So läßt es sich leben, dachte er. Und Kranter schickt mich immer, während er gut speist, an die Würstchenbude, wo ich mich auf meine Kosten verpflegen muß. Der Adel hat eben Lebensart.

»Was möchten Sie mir denn über meine Verlobte mitteilen?«

»Sie sind mit der Prinzessin verlobt?«

Siggi riß die Augen auf. Das war ihm nicht bekannt gewesen.

»Noch nicht offiziell, aber wir stehen kurz vor der Verlobung. Bitte, sprechen Sie offen.«

»Ja, Durchlaucht, es ist so.« Hinter Siggis Stirn arbeitete es. Er brachte es nicht fertig, dem Prinzen die Verleumdungen zu erzählen, die ihm Kranter eingetrichtert hatte. »Es ... na ja, Sie sollten sich das mit der Verlobung noch einmal überlegen. Ich meine, so ein Schritt ist eine ernste Sache. Ich ...«

Er verhaspelte sich. Der Fürst goß ihm den zweiten Kognak ein. Der Kognak war ausgezeichnet.

»Dieser Freund hat Ihnen aufgetragen, mir mitzuteilen, daß Prinzessin Angela mich betrügt?« fragte der Fürst.

Siggi nickte. Benno schenkte ihm wieder ein.

»Auf Ihr Wohl, Herr Heuringer.« Benno nippte nur am Kognak, und wenn der Ex-Boxer nicht hinsah, schüttete er den Inhalt seines Glases in die große Bodenvase. »Der Freund will mich wissen lassen, daß die Prinzessin verschiedene Verhältnisse unterhält. Mit ihrem Teilhaber Edgar Cleven?«

Siggi nickte wieder und trank abermals. Benno schenkte rasch nach. Der Chauffeur pflanzte sich immer breitspuriger in den schweren Ledersessel und paffte blaue Rauchwolken gegen die Decke. Fürst Benno hatte die Oper abgeschrieben.

»Und mit wem noch?«

»Das ... das habe ich vergessen. Es waren über ein Dutzend Namen, darunter auch Ausländer.«

»Hoffentlich keine Pizzabäcker«, murmelte Benno, der sich das Lachen verbeißen mußte. Er spielte seine Komödie mit Siggi weiter und animierte ihn dabei zum Trinken. Siggi, der obrigkeitsgläubig erzogen war und sich geschmeichelt fühlte, weil ihm der Fürst so oft zuprostete, tat ihm gehorsam Bescheid. »Das ist natürlich fatal. Die Prinzessin führt also einen lockeren und verwerflichen Lebenswandel. Und Schulden hat sie auch?«

Siggi nickte. Seine Augen begannen schon glasig zu werden.

»Glauben Sie eigentlich selbst alles, was Sie mir da erzählen?« fragte Benno. Er drückte ein Auge zu. »Ehrlich.«

»Kei... hick ... keine Ahnung«, antwortete Siggi. »Mein Che ... Chef, der Konsul Hazeh, der filzige Kranter, behauptet es. Dabei hat er es ... hick ... aber das darf ich nicht erzählen.«

»Aber mir kannst du es doch sagen, Siggi. Komm, wir wollen Bruderschaft trinken, ja?«

Das Angebot überwältigte Siggi derart, daß er eine Minute lang nicht zu antworten vermochte. Benno hob sein Glas.

»Auf unser Wohl, Siggi. Ich heiße Benno.«

Das war zuviel für den Ex-Boxer.

»Bist ein Pfundskerl, Benno«, sagte er und trank. »Damals, als ich um die Meisterschaft im Halbschwergewicht boxte, da hatte ich auch so einen Freund wie dich. Otto hieß er, und er war Rechtsausleger.«

»Ein Jurist?«

»Nein, beim Boxen.«

»Nun ja, jeder hat sein Metier. Wir wollen nicht abschweifen, Siggi. Also, was hat der Kranter vor? Was läuft, Spezi? Ganz unter uns.«

»Ich ... hick ... ich kann es dir nicht sagen, Benno, wirklich, das habe ich versprochen.« Siggi überlegte. Es fiel ihm schwer. Der ungewohnte Kognak tat seine Wirkung. »Aber vorsingen kann ich es dir. Vom Singen war nicht die Rede.«

Und Siggi sang, im doppelten Sinn des Wortes. Fürst Benno ermahnte ihn, nicht zu laut zu sein. Nachdem der Fürst über Kranters üble Pläne Bescheid wußte, vertraute ihm Siggi noch manches andere an. So erfuhr Benno von Rita Mallecks Nöten, und er hörte auch, daß Siggi die dunkelblonde Frau und den achtjährigen Holger in sein Herz geschlossen hatte.

Er vernahm, daß Siggi seinen Chef verabscheute.

»Warum bleibst du dann bei ihm?« fragte Benno.

»Weil ich ... hupp ... nicht anders kann.«

Jetzt kam es heraus. Siggi war nämlich vorbestraft, wegen Körperverletzung. Er hatte drei Rowdies verprügelt, die einer alten Frau die Handtasche entreißen und sie mißhandeln wollten. Siggi hatte sich eingemischt und in seiner Empörung mit seinen Boxerfäusten allzu kräftig hingelangt.

Das war ihm später vor Gericht als schwere Körperverletzung ausgelegt worden. Die alte Frau war, während Siggi sich mit den Halbstarken prügelte, davongeeilt und später nicht mehr aufzufinden gewesen. Da Siggi während seiner aktiven Boxerzeit schon einmal einem betrügerischen Manager einen Schlag versetzt hatte, der ihn vor Gericht gebracht hatte, war diesmal keine Bewährung mehr möglich gewesen.

Siggi hatte ins Gefängnis gemußt. Sein Glaube an die Menschheit war ins Wanken geraten.

»Was glaubst du, wie schwer es für mich ist, heutzutage eine Stelle zu finden?« jammerte er Benno vor. »Erstens war ich jahrelang aus meinem Beruf als Kfz-Mechaniker heraus, weil ich boxte, zweitens das mit meiner Vorstrafe, drittens mein Aussehen. Wer stellt mich denn ein? Keiner, außer einem Typen wie Kranter, für den ich dann die Dreckarbeit zu erledigen habe.« Er trank den letzten Rest Kognak. »Hick. Trotzdem ... hupp ... halte ich bei Kranter nicht mehr lange aus. Ich ... ich kann nicht mit ansehen, was der Schuft treibt und wie er die Rita schikaniert und den Jungen behandelt.«

»Vielleicht kann Ihnen geholfen werden«, sagte Fürst Benno. Er steckte Siggi seine Karte in die Tasche. »Schicken Sie Frau Malleck demnächst zu mir.

Und rufen Sie mich in vierzehn Tagen an. Merken Sie sich das gut. Zeigen Sie die Karte vor allem Ihrem Chef nicht.«

Energisch half er Siggi auf die Beine.

»Gehen Sie jetzt, ich lasse Ihnen ein Taxi bestellen. Es war sehr aufschlußreich, Ihre Bekanntschaft zu machen.«

Die Tatsache, daß der Fürst ihn wieder mit Sie anredete und sein tatkräftiges Handeln ernüchterten Siggi ein wenig. Er schwankte jedoch wie ein Rohr im Wind.

»Nichts für ungut, Durchlaucht. Es war mir ein Vergnügen.«

»Mir auch.«

Fürst Benno rief die Rezeption an. Schließlich konnte er schlecht selbst den betrunkenen Ex-Boxer durch die Hotelgänge schleifen. Zwei Pagen erschienen. Benno gab jedem ein Trinkgeld und Geld fürs Taxi. Sie führten Siggi hinaus.

»Vergessen Sie nicht, was ich Ihnen gesagt habe«, ermahnte ihn der Fürst.

»Niemals. Durchlaucht, Spezi, ich melde mich wieder. Ja, blaues Blut, jetzt bin ich auch blau. Das waren noch Zeiten, als ich den Jugoslawen in der zehnten Runde in die Ecke abdrängte, und da …«

Die Tür fiel zu und schnitt Siggis Erinnerungen ab. Benno schüttelte lachend den Kopf. Er ging an diesem Abend nicht mehr aus. Er telefonierte lange mit seiner Mutter. Angela hatte sich mit ihren Schwierigkeiten nicht an ihn gewendet. Er respektierte ihren Stolz. Er würde sich zurückhalten, weil sie das wollte.

Sie setzt alles ein, um das Schloß ihrer Väter zu retten, dachte Fürst Benno. Eine äußerst bemerkenswerte Prinzessin.

*

Ein junger Angestellter des Modehauses Cleven & von Schönegg hatte sich bereit erklärt, Angela von Düsseldorf an den Ammersee zu fahren. Sie trafen gegen acht Uhr abends auf Schloß Schönegg ein. Malwine hatte sich mittlerweile wieder etwas gefaßt.

»Es wird nichts so heiß gegessen, wie es gekocht wird«, sagte sie. »Wir wollen den Mut nicht sinken lassen.«

Der Angestellte erhielt in der Schloßküche einen Imbiß. Prinzessin Angela begab sich unverzüglich in ihr Arbeitszimmer und las die amtlichen Dekrete. Sie waren knapp, sachlich und unmißverständlich abgefaßt. Für Angela, Berthold und Malwine waren sie eine glatte Katastrophe.

»Die Arbeiten verschlingen Unsummen«, erkannte die Prinzessin, nachdem sie kurz nachgerechnet hatte. »Mit viel Glück könnte ich das Ganze in zehn Jahren bewältigen. Aber in der kurzen Frist ...«

Das Schloß sollte baldmöglichst geräumt werden, längstens aber innerhalb von drei Wochen. Bis man es wieder bewohnen durfte, waren verschiedene Ausbesserungen vorzunehmen. Die Möglichkeit, in ein Nebengebäude zu ziehen, bestand nicht, denn diese Räumlichkeiten waren nicht mehr für Wohnzwecke eingerichtet.

»Es sind strenge Auflagen.« Berthold seufzte tief. »Ich habe immer auf Schloß Schönegg gelebt, schon mein Vater und mein Großvater dienten der fürstlichen Familie. Für mich ist es undenkbar, meinen Lebensabend anderswo zu verbringen. Dann will ich nicht mehr leben, Durchlaucht.«

Er sah schlecht aus, grau im Gesicht. Tränen glitzerten in seinen Augen. Prinzessin Angela erschrak. Es war das erstemal, seit sie ihn kannte, daß Berthold eine derartige Gemütsbewegung zeigte. Malwine schenkte ihm eine Tasse Tee ein.

»Da, trink, Alter. Tröste dich, es wird schon eine Möglichkeit geben.«

»Gleich morgen früh fahre ich zum Bauamt«, sagte Angela. »Sie müssen die Auflagen lockern. Dann werde ich versuchen, Geld aufzutreiben.«

»Aber wie? Wo?«

Das fragte Malwine.

»Das wird sich herausstellen, Malvchen. Vielleicht gibt das Land etwas hinzu, Schloß Schönegg ist es wert, erhalten zu werden.«

In dieser Nacht schlief die Prinzessin unruhig und schlecht. Jemand mußte das Bauaufsichtsamt auf Schloß Schönegg angesetzt haben, die ganzen Jahre hatte sich schließlich nichts geregt. Angela fiel nur ein Name ein – Kranter.

Bereits um acht Uhr morgens erschien Angela im Bauamt in der Kreisstadt und sprach bei den zuständigen Beamten vor. Der Oberbaurat empfing sie persönlich. Er war aufgeschlossen, sah sich aber außerstande, ihr zu helfen.

»Durchlaucht, wir haben unsere Bestimmungen. An die müssen wir uns halten. Ich kann keine Ausnahme machen. Falls sich ein Unfall ereignete, würde ich in Teufels Küche geraten, weil ich die Sicherheitsbestimmungen nicht beachtet habe. Ich appelliere an Ihr Verantwortungsgefühl.«

»Aber ich bin doch dabei, Schloß Schönegg restaurieren zu lassen. Es ist nur eine Frage der Zeit.«

»Bedauere, die Auflagen müssen erfüllt werden. Die gesetzlichen Regelungen sind eindeutig.«

»Eine solche Bruchbude ist mein Schloß nicht! Ich werde Einspruch erheben.«

»Das ist Ihr gutes Recht, Durchlaucht. Damit werden Sie allerdings nichts ändern. Meine Mitarbeiter, Herr Bauer und Herr Hartwig, können Ihnen die statischen Berechnungen, die unserer Entscheidung zugrunde liegen, sowie die übrigen fachlichen Gesichtspunkte gern erläutern.«

Die Prinzessin erhob sich.

»Ich bin kein Bauingenieur, das würde wenig nützen. Ich werde die Berechnungen überprüfen lassen, aber ich glaube schon, daß sie richtig sind. Sie werden verstehen, daß mich diese Entwicklung hart trifft, denn ich hänge sehr an Schloß Schönegg. Was war der Grund, daß Ihre Behörde so plötzlich eine Überprüfung vornahm?«

»Das ist Amtsgeheimnis. Ich hoffe und wünsche es Ihnen, daß Sie Ihr schönes Familienschloß erhalten können, Durchlaucht. Soweit möglich und vertretbar, will ich Ihnen gern entgegenkommen. Aber auf der Erfüllung dieser Auflagen müssen wir bestehen. Es ist auch zu Ihrer eigenen Sicherheit.«

Angela verabschiedete sich. Auf dem Besucherparkplatz hielt ein schwerer, protziger Wagen neben ihrem. Angela war allein in die Kreisstadt gefahren. Der junge Angestellte, der sie zum Schloß Schönegg gebracht hatte, sollte an diesem Vormittag mit der Bahn nach Düsseldorf zurückreisen. In dem protzigen Wagen erblickte die Prinzessin den Honorarkonsul Kranter und seinen livrierten Chauffeur.

Ihr blieb die Luft weg wegen dieser Unverschämtheit, daß Kranter auf sie wartete, war klar. Er hatte sich ausgerechnet, daß sie das Bauamt aufsuchen würde. Sie ignorierte ihn, zog die Wagenschlüssel aus ihrer Handtasche und schickte sich an, die Tür aufzuschließen.

Kranter stieg aus. Er verbeugte sich. Seine glitzernden Augen fixierten sie.

»Durchlaucht, auf ein Wort. Ich weiß, vor welchen Problemen Sie stehen, und ich möchte Ihnen helfen.«

Die Prinzessin verhielt sich so, als ob er Luft sei. Sie stieg in ihren Wagen. Als sie die Tür schließen wollte, stellte sich Kranter davor. Sein Chauffeur blieb hinterm Steuer sitzen.

»Seien Sie doch nicht so verbohrt und stolz!« rief Kranter. »Außer mir kann Ihnen keiner mehr helfen, Ihr Schloß zu behalten. Ich biete Ihnen alles, was Sie nur wünschen.«

Angela würdigte ihn keines Wortes. Sie drehte den Zündschlüssel, löste die Handbremse und legte den Rückwärtsgang ein.

»Durchlaucht!« rief Kranter.

Die Prinzessin gab Gas, und Kranter mußte zurückweichen, die Wagentür hätte ihn sonst von den Beinen geworfen. Angela fuhr langsam zurück. Kranter wich aus der Lücke zwischen den beiden Wagen. Er stolperte und stützte sich auf den Kofferraumdeckel seines Wagens.

Sein Gesicht verzerrte sich vor Zorn.

»Das werden Sie noch bereuen!« drohte er. »Ich wollte Sie heiraten, aber davon kann jetzt keine Rede mehr sein. Ich werde Sie vernichten!«

Angela konnte endlich die Wagentür schließen, sie fuhr davon. Kranter starrte ihrem Wagen nach. Er murmelte noch Verwünschungen, als er wieder in seine Limousine einstieg. Ein Blumenstrauß lag im Fond. Kranter hatte sich sein Zusammentreffen mit der Prinzessin anders vorgestellt. Er hatte sie in ein Restaurant einladen wollen.

Wütend betrachtete er den Ölfleck, den das Schloß von Angelas Wagentür auf seinem hellen Maßanzug hinterlassen hatte.

»So etwas nennt man abgeblitzt, Chef«, sagte Siggi mit unbewegter Miene.

Kranter fuhr ihn barsch an und beschimpfte ihn. Der Chauffeur nahm es hin. Aber er schaltete, als er dann losfuhr, härter als sonst. Ganz konnte er seinen Zorn nicht unterdrücken. Er gönnte seinem Chef die Abfuhr von Herzen.

*

Prinzessin Angela nahm mit allen möglichen Stellen Kontakt auf. Die Resonanz war sehr schlecht. Am Abend kehrte sie müde und deprimiert nach Schloß Schönegg zurück. Natürlich hatte sie an dem einen Tag nicht alle Termine erledigen können, weitere Verhandlungen und fruchtlose Gänge standen an.

Malwine servierte ihr das Abendessen im Speisezimmer. Sie hatte es mehrfach aufgewärmt, bis die Prinzessin endlich erschienen war.

»Wo ist meine Post?« fragte Angela. »Gab es Anrufe?«

»Iß zuerst, sonst fällst du noch völlig vom Fleisch«, mahnte Malwine. »Alles andere hat später noch Zeit.«

Angela aß appetitlos. Malwine fragte nicht, was sie erreicht hatte, die Miene der Prinzessin sagte genug. Angela erhielt ihre Post. Verschiedene Leute hatten angerufen, darunter auch eine Frau Rita Malleck. Sie wollte sich nochmals melden. Die Prinzessin war mit der Durchsicht der Post beschäftigt, als das Telefon klingelte.

In ihrem Arbeitszimmer nahm sie Rita Mallecks Anruf entgegen. Frau Malleck bat sie um ein Treffen in München, und sie äußerte sich so flehentlich, daß Angela zustimmte. Sie bestellte Rita für den nächsten Tag in den Modesalon – die Münchener Niederlassung von Cleven & von Schönegg –, wo sie am Nachmittag erscheinen würde.

Am Vormittag hatte Angela verschiedene Termine wahrzunehmen. Bald darauf rief auch Fürst Benno an. Er würde von Schloß Pleskau aus sprechen, gab er an. Angela fiel es schwer ihm gegenüber heiter und unbeschwert zu klingen. Benno sagte, daß er sie in ein paar Tagen besuchen würde.

Nachdem sie aufgelegt hatte, überfiel Angela die

Sehnsucht, noch einmal mit ihm zu sprechen. Sie wählte die Nummer von Schloß Pleskau, man verband sie mit Fürstin Helene.

»Ist Benno ausgegangen?« fragte Prinzessin Angela nach der Begrüßung. »Wir sprachen gerade miteinander.«

»Von Schloß Pleskau hat er jedenfalls nicht angerufen«, antwortete ihr die Fürstin verwundert. »Benno ist geschäftlich unterwegs. Wußten Sie das denn nicht?«

»Nein, zuletzt habe ich ihn in Schloß Pleskau erreicht. Wo befindet er sich denn jetzt? Er hat es am Telefon nicht erwähnt.«

»Er hat seine Gründe, seinen Aufenthaltsort geheimzuhalten«, antwortete die Fürstin. »Wie geht es dir, Angela? Wie steht es auf Schloß Schönegg?«

»Ich bin für ein paar Tage hier, weil einige Dinge zu regeln sind. Wir haben sehr schönes Wetter. Wenn Benno hier wäre, könnten wir auf dem Ammersee segeln.«

Fürstin Helene reagierte nicht auf diese Anspielung, den Aufenthaltsort ihres Sohnes zu verraten. Sie und Angela plauderten noch eine Weile über belanglose Dinge. Als sie den Hörer auflegte, pochte Angelas Herz bis zum Hals.

Benno hatte Geheimnisse vor ihr, das sah sie als schlechtes Zeichen an. Vielleicht betrog er sie, oder er hatte aus irgendwelchen Gründen von ihr Abstand genommen. Angela schluchzte. Jetzt, da sie allein war, konnte sie nicht länger Haltung bewahren.

Wollte man ihr denn alles nehmen, selbst den geliebten Mann? Sie wußte nicht, wie es weitergehen sollte. Der nächste Tag und alles, was vor ihr lag, erschienen ihr wie ein unbezwinglicher Berg. Sie weinte sich in den Schlaf. Ihre Tränen benetzten das Fell des alten Teddys aus ihrer Kinderzeit, den sie immer bei sich hatte und meist mit ins Bett nahm.

*

Nach einem Vormittag, den sie mit fruchtlosen Besuchen und Verhandlungen verbracht hatte, erschien Prinzessin Angela im Salon. Trotz des strahlenden Sonnenscheins war ihre Stimmung bedrückt und düster. Nachdem sie verschiedene Dinge erledigt hatte, begab sie sich ins Besucherzimmer, wo Rita Malleck wartete.

Frau Malleck trug ein Kostüm von der Stange. Ihr verhärmtes Aussehen fiel Angela auf. Sie begrüßte die dunkelblonde Frau freundlich.

»Sie wünschen mich dringend in einer persönlichen Angelegenheit zu sprechen. Was kann ich für Sie tun, bitte?«

Für Rita Malleck war die Prinzessin wie ein Wesen aus einer anderen Welt. Aber sie neidete ihr ihre Schönheit, die Jugend und die eleganten Kleider nicht. Angelas warmes Lächeln gewann sie.

»Ich bin die Haushälterin des Konsuls Kranter, Durchlaucht. Früher war ich auch seine Geliebte.«

»Aha. Weshalb erzählen Sie mir das?«

»Kranter steckt hinter all dem Unheil, was Ihnen widerfahren ist, Durchlaucht«, sprudelte Rita Malleck hervor. »Er will Sie vernichten – oder Sie zwingen, seine Gattin zu werden. Mich und mein Kind, seinen Sohn, stößt er einfach weg. Ich weiß weder ein noch aus, deshalb wende ich mich an Sie.«

»Beruhigen Sie sich doch, liebe Frau Malleck. Falls Sie fürchten, daß ich etwa einen Heiratsantrag dieses Herrn annehmen würde, kann ich Sie völlig beruhigen. Warum verlassen Sie ihn denn nicht, wenn er Sie und das Kind schlecht behandelt? Wie alt ist Ihr Kind eigentlich? Ist es ein Junge oder ein Mädchen?«

»Holger wird im September neun Jahre alte. Er ist ein guter Junge und meine einzige Freude. Sie stellen sich das so einfach vor, von Kranter wegzugehen, Durchlaucht. Aber ich bin nicht mehr so jung wie Sie, auch nicht so schön und begabt. Außerdem habe ich keinen Beruf erlernt, obwohl ich verschiedenes kann.«

»Irgendwie Möglichkeit, den Lebensunterhalt für sich und den Jungen zu verdienen, würden Sie sicher finden. Außerdem müßte Ihnen Kranter Alimente bezahlen. Was hält Sie bei ihm?«

»Er würde mich nicht so einfach weggehen lassen. Ich weiß zuviel über ihn und seine Geschäfte. Kranter ist alles zuzutrauen.«

»Den Eindruck habe ich auch. Ob Sie sich von Kranter trennen wollen oder nicht, müssen Sie selbst entscheiden, Frau Malleck. Ich muß Ihnen ehrlich gestehen, daß ich für diesen Herrn nicht die geringste Sympathie empfinde und am liebsten überhaupt nichts von ihm höre.«

»Das kann ich begreifen. Sie haben auch genügend eigene Probleme, Durchlaucht. Entschuldigen

Sie, daß ich Sie mit meinen Angelegenheiten behellige. Es lag mir am Herzen, mit Ihnen zu sprechen. Jetzt gehe ich wohl lieber.«

Siggi Heuringer hatte nach seinem Besuch bei Prinz Benno noch nicht mit Rita gesprochen.

»Sie können gern noch einen Moment bleiben, Frau Malleck. Möchten Sie einen Kaffee?« Angela klingelte und bestellte zwei Tassen. »Denken Sie, wenn Sie die Entscheidung fällen, was Ihr Verbleiben im Hause Kranters betrifft, vor allem an das Wohl Ihres Kindes. Kranter kann Sie zu nichts zwingen, wenn Sie das nicht wollen.«

Der Kaffee wurde gebracht.

Sowie die Angestellte draußen war, sagte Rita Malleck: »Ich habe Angst, Durchlaucht. Wenn ich Kranter verlasse, würde er mich vielleicht gar zum Schweigen bringen lassen – für immer, verstehen Sie? Sie kennen ihn nicht.«

»Ich lege auch gar keinen Wert darauf, ihn näher kennenzulernen. Ob er tatsächlich soweit gehen würde, Sie umbringen zu lassen, steht dahin, Frau Malleck. Vielleicht geht Ihre Phantasie in diesem Punkt mit Ihnen durch. Aber Sie können diese Gefahr ausschalten, wenn Ihnen daran liegt.«

»Wie?«

»Ganz einfach. Sie hinterlegen, was Sie wissen, schriftlich in einem geschlossenen Umschlag bei einem Notar. Falls Ihnen etwas zustößt, sendet der Notar die Unterlagen an die Staatsanwaltschaft. Wenn Sie Kranter das wissen lassen, wird er sich hüten, Ihnen oder dem Kind etwas zuzufügen. Besser wäre es allerdings, Sie würden, wenn es sich um gravierende Vergehen handelt, die Kriminalpolizei oder andere zuständige Behörden aufsuchen. Dann hätten Sie klare Verhältnisse und ein reines Gewissen.«

Rita Malleck sprang so eilig auf, daß ihr Kaffee überschwappte. Sie stellte die halbgeleerte Tasse auf den Tisch.

»Tausend Dank, Durchlaucht, das ist es! Darauf wäre ich nicht verfallen. Jetzt weiß ich, daß es richtig war, Sie aufzusuchen, denn Sie haben mir einen Weg aus der Misere gezeigt. Ich danke Ihnen – auch im Namen meines Kindes.«

Sie wollte der Prinzessin die Hand küssen. Angela wehrte ab.

»Aber ich bitte Sie, Frau Malleck, lassen Sie das. Es freut mich, wenn ich Ihnen habe helfen können.« Angela lächelte. »Wir Frauen müssen zusammenhalten. So wie ich Sie einschätze, werden Sie früher oder später einen Mann finden, der Sie mitsamt dem Jungen nimmt. Einen einfachen, ehrlichen Menschen, der Ihnen und Holger ein Heim bietet und mit dem Sie glücklich sein können.«

»Ich wüßte da schon jemanden.« Rita Malleck hatte es eilig, den Modesalon zu verlassen. »Ich wünsche Ihnen alles Gute, Prinzessin, Sie verdienen es. Ich kam völlig verzweifelt her, jetzt habe ich, erstmals seit Jahren, wieder Hoffnung.«

Unter weiteren Danksagungen verließ sie die Prinzessin. Als sie fort war, wich das Lächeln aus Angelas Gesicht. Sie hatte Rita Malleck gern geholfen, aber – was nutzte ihr persönlich das?

Anderen kann ich helfen, dachte sie, aber mir selber nicht. Selbst wenn Kranter im Gefängnis landet,

Schloß Schönegg bleibt dadurch nicht erhalten. Wenn es erst einmal leersteht, wird es rasch zur Ruine verkommen.

*

Als Rita Malleck in die Villa zurückkehrte, erwartete sie Kranter bereits. Er überschüttete sie mit Vorwürfen.

»Was soll das bedeuten? Wo bist du gewesen? Du läßt es dir gutgehen und machst dir einen schönen Tag, während hier die Arbeit liegenbleibt. Zuerst war der Junge im Krankenhaus und du bist seinetwegen jeden Tag unterwegs gewesen. Jetzt ist er wieder da, aber es ändert sich nichts. Was bildest du dir überhaupt ein? Wo wärst du denn mit deinem Balg, wenn ich euch nicht durchfüttern würde?«

Siggi erschien. Das Geschrei seines Chefs hatte ihn herbeigerufen. Rita sah, wie er die Fäuste ballte, und befürchtete ein Unglück.

Sie hatte eine Einkaufstasche mitgebracht, auf sie deutete sie.

»Bringen Sie die Nahrungsmittel bitte in die Vorratskammer und sortieren Sie sie ein, Herr Heuringer. Ich möchte in mein Zimmer, ich habe Kopfschmerzen.« Sie wendete sich an Kranter. »Entschuldige mich, wir können uns morgen unterhalten.«

Damit ging sie in den hinteren Teil des Hauses, wo sie einen größeren Raum und eine enge Kammer mit Holger teilte. Kranter sah ihr verblüfft nach. Er hatte Rechtfertigungen und Tränen erwartet. Der Chauffeur trug die Einkaufstasche weg. Kranter kehrte in sein Arbeitszimmer zurück.

Inzwischen weinte Holger in den Armen seiner Mutter heiße Tränen. Er war ein ziemlich magerer, blasser Junge mit blonden Haaren und großen Augen. Rita spürte, wie er am ganzen Körper bebte.

»Mama, bitte laß uns doch endlich von hier fortgehen! Herr Kranter ist so scheußlich zu mir – und zu dir auch. Gerade hat er dich wieder angeschrien. Ich glaube nicht, daß er mein Vater ist, sonst würde er sich anders benehmen.«

»Wir gehen bald«, sagte Rita Malleck. »Aber sei still, Holger, niemand darf etwas davon wissen.«

»Und Onkel Siggi?«

»Mit dem spreche ich selbst.«

Holger hörte sofort auf zu weinen.

»Mir gefällt es hier überhaupt nicht. Lieber würde ich in einer kleinen Hinterhofwohnung sein als in diesem Haus.«

Ich auch, dachte Rita Malleck. Sie verstand nicht mehr, wie sie Kranter je hatte lieben können. Wie Schuppen war es ihr von den Augen geglitten. Der Mann hatte kein Herz.

Kranter suchte an diesem Abend wieder einmal »Zerstreuung« in den einschlägigen Bars. Siggi mußte ihn dabei begleiten, denn der Millionär wollte in diesen zwielichtigen Kreisen einen handfesten Begleiter bei sich haben. Er gönnte seinem Chauffeur ab und zu ein Bier, während er selbst mit Sekt für sich und die Bardamen feierte.

Dafür streichelten sie ihm die Stirnglatze, nannten ihn Schnuckiputzi und Konsulchen und trieben ein paar Scherze mit ihm. Kranter fühlte sich als der Größte. Gegen zwei Uhr morgens betrat Siggi das Séparée, in dem gerade eine üppige Blondine aufgekreischt hatte.

Kranter hatte sein Hemd aufgeknöpft. Zwei Damen, die keine waren, funkelten Siggi an.

»Was will der Gorilla hier?« keifte die eine.

»Chef, ich gehe jetzt«, verkündete Siggi. »Für mich ist am Ersten der Letzte. Bis dahin nehme ich Urlaub. Guten Tag.«

»Aber das kannst du doch nicht!« rief Kranter. »Siggi, warte! Du wirst nie wieder eine Stellung finden, dafür sorge ich, das schwöre ich dir! Du gemeiner Verbrecher!«

Der Chauffeur ließ sich nicht aus der Ruhe bringen.

»Der Ausdruck würde auf Sie passen.«

»Ich befehle dir, hierzubleiben!«

Siggi antwortete mit einer unfeinen Bemerkung, die einem mittelalterlichen Ritter zu hohem Bekanntheitsgrad verholfen hatte, und warf die Tür hinter sich zu. Kranter kehrte im Taxi nach Hause zurück. Da er ziemlich viel getrunken hatte und zunächst einmal abwarten wollte, bis Siggi sich abgeregt hatte, legte er sich zu Bett.

Er erwachte am späten Vormittag mit einem Brummschädel und trockener Zunge.

»Rita!« brüllte er. »Salzheringe und Selterwasser!«

Niemand antwortete. Kranter zog daraufhin einen Hausmantel über und stapfte brummelnd und schimpfend durchs Haus. Er fand Ritas und Holgers Zimmer verlassen vor. Die Schränke waren ausgeräumt, ein kurzer Abschiedsbrief lag auf dem Tisch. Er teilte Kranter lediglich sachlich mit, daß die beiden für immer weggegangen waren, und informierte ihn, weshalb es besser sei, keine Schritte gegen Rita Malleck zu unternehmen.

Kranter ächzte. Er rieb sich die verquollenen Augen. Als er sich wieder einigermaßen gefaßt hatte, eilte er in den Anbau.

»Siggi! Siggi!«

Er fand seinen Chauffeur beim Packen. Siggi verstaute gerade die letzten Stücke. Allzuviel besaß er nicht.

»Ab heute wieder Herr Heuringer für Sie, Sie gekaufter Konsul«, sagte Siggi unfreundlich. »Zum Monatsende hole ich meine Papiere ab. Sehen Sie zu, daß sie fertig sind und mein Gehalt korrekt überwiesen wird, sonst werde ich unangenehm.«

Kranter beschwor ihn, zu bleiben. Er bot mehr Geld. Siggi schüttelte stur den Kopf. Er faßte den Koffer und die Reisetasche, blickte sich noch einmal um, ob er nichts vergessen hatte, und wendete sich zum Gehen. Kranter fragte ihn nach Rita Malleck und Holger.

»Die beiden lassen Sie besser in Ruhe!« beschied ihn der Chauffeur.

»Das ist eine Verschwörung gegen mich!« rief Kranter. »Aber das wird euch teuer zu stehen kommen.« Er verkniff sich weitere Drohungen oder Schimpfworte, weil Siggi ihn wütend anblickte. »Mit meinem Wagen fahren Sie hier nicht weg, Herr Heuringer. Oder ich hetze Ihnen die Polizei auf den Hals.«

»Wo werde ich denn«, antwortete Siggi. Gerade in diesem Moment bog ein Taxi um die Ecke. Siggi winkte. »Das ist meine größte Freude, daß ich nicht mehr in die Karre zu steigen brauche.«

Kranter sah zu, wie er sein Gepäck ins Taxi lud und einstieg. Die Tür schlug zu. Das Taxi entschwand. Der Millionär verstand die Welt nicht mehr. Er vergammelte den Tag und schlief die Nacht über schlecht. Am nächsten Morgen, einem Sonntag, klingelte es in aller Herrgottsfrühe.

Kranter sprang aus dem Bett. Rita ist wieder zurück, dachte er. Sie hat mir nur einen Schrecken einjagen wollen. Ohne sich zu vergewissern, drückte er den Türöffner für das Einfahrtstor der Villa. Er zog seinen Hausmantel über, glättete die Haare und warf sich ein wenig Wasser ins Gesicht.

Zunächst wollte er zu Rita und dem Jungen freundlich sein und sie gnädig wieder aufnehmen. Aber dann würde er sich rächen und es ihnen heimzahlen. Mit falscher Freundlichkeit öffnete er die Haustür.

Er erstarrte. Statt einer verschüchterten Rita Malleck und eines bedrückten kleinen Jungen standen drei Männer vor ihm. Vor dem Villentor wartete ein Streifenwagen. Der vorderste frühe Besucher zeigte ihm seine Dienstmarke.

»Kriminalpolizei. Sind Sie Herr Alexander Kranter?«

Leugnen wäre zwecklos gewesen. Kranter nickte.

»Sie sind festgenommen. Hier ist der Haftbefehl.« Er nannte Kranter eine ganze Reihe von Vergehen, die ihm zur Last gelegt wurden. Der Honorarkonsul wurde immer kleiner. »Die Kollegen von der Steuerfahndung werden sich gleich in Ihrem Haus umsehen, Herr Kranter. Ziehen Sie sich an und folgen Sie uns.«

Kranter wollte protestieren.

Er hörte nur: »Das können Sie alles dem Richter erzählen.«

Er hatte ausgespielt. Rita Malleck war der Empfehlung von Prinzessin Angela gefolgt und hatte für klare Verhältnisse gesorgt.

*

Am Ende der folgenden Woche stand für Angela fest, daß es keinen Weg gab, um Schloß Schönegg zu erhalten. Keine Bank war bereit, ihr genügend Kredit einzuräumen. Die Herren waren zwar alle sehr freundlich, aber sie sprachen von den Risiken des Objektes, fehlenden Sicherheiten, dem Lombardzins und anderem.

»Wir bedauern sehr, Ihnen nicht zu Diensten sein zu können, Durchlaucht«, hörte die Prinzessin jeweils zum Schluß.

Ein Banker gab Prinzessin Angela unverblümt den Rat: »Schenken Sie Schloß Schönegg dem Land. Sie können froh sein, wenn dieses es annimmt und für die Instandsetzung sorgt.«

Angela konnte auch keinen amtlichen Zuschuß erhalten. Sie war verzweifelt. Von Fürst Benno hatte sie schon seit Tagen nichts mehr gehört. Fürstin Helene antwortete auf Angelas Anrufe ausweichend. Edgar Cleven legte ihr nahe, nach Düsseldorf zurückzukehren und das Schloß abzuschreiben.

»An allem nagt der Zahn der Zeit«, sagte er am Telefon. »Widme dich der Mode, Princesse, da hast du ein dankbareres Betätigungsfeld als das dem Untergang geweihte Schloß.«

Malwine kochte in Schloß Schönegg Tees und zitierte Sprüche. Meistens: »Kommt Zeit, kommt Rat« oder ähnliches. Berthold war oft unterwegs. Wie Angela heraushörte, informierte er sich wegen eines Alterssitzes.

Der Tag der Schloßräumung rückte immer näher, und es war kein Hoffnungsschimmer in Sicht. Berthold und Malwine begannen schon mit dem Zusammenpacken ihrer Habe. Am Sonnabend unternahm Angela noch einen letzten verzweifelten Versuch. Sie verhandelte mit dem Besitzer einer Hotelkette und einem Makler und Finanzier. Aber auch dieses Gespräch scheiterte, es war kein Einklang zu erzielen.

Traurig kehrte die Prinzessin zum Schloß zurück. Am meisten schmerzte es sie, daß Benno sie verlassen hatte. Sie kannte keine andere Erklärung für sein Schweigen. Die Gründe, weshalb er sich von ihr abgewendet hatte, waren zweitrangig. Seien es jetzt Kranters Verleumdungen gewesen, daß er von ihren Schulden erfuhr, eine andere kennenlernte oder was auch immer, er war fort.

Sie hatte seine Liebe verloren, und sie würde ihm nicht nachlaufen. Auf dem schönen Ammersee sah sie Segelboote, und sie erinnerte sich an die Zeit, als auch sie unbeschwert und glücklich gewesen war. Es schien tausend Jahre zurückzuliegen. Sie fuhr durch den Wald, und ihr Herz wurde immer schwerer, als sie Schloß Schönegg zwischen den Bäumen auftauchen sah.

Die Schranke, die die Zufahrt sperrte, war geschlossen. Aber was war das? Neben dem Schild »Privatweg« war ein weiteres befestigt. Angela las es, als sie die Schranke hob.

»Schloßrenovierung. Firma Trautmann & Sohn« stand darauf, außerdem die Firmenanschrift.

Angela kannte die Firma, sie hatte ihr einen Kostenvoranschlag für die Schloßrestaurierung eingereicht und genoß einen guten Ruf. Die Prinzessin war fassungslos. Sie hob die Schranke.

Was sollte das wieder bedeuten? Handelte es sich um einen letzten verzweifelten Rettungsversuch von Berthold und Malwine? Hatten die beiden Alten ihre Spargroschen als Anzahlung genommen und die Arbeiten beginnen lassen, ohne eine Ahnung, wovon die Rechnung letzten Endes zu bezahlen sei? Damit hätten sie Angela nur in noch größere Schwierigkeiten gebracht.

Prinzessin Angela konnte sich keine andere Möglichkeit denken.

Sie fuhr zum Schloß. Arbeiter liefen herum und waren mit Absperren beschäftigt. Es mußten mehrere Firmen tätig sein, Trautmann & Sohn führten Regie.

Angela sah Fahrzeuge und Spezialgeräte.

Sie kam aus dem Staunen nicht mehr heraus. Ein kräftiger Mann, offenbar ein Polier, eilte zu ihr.

»Wos wolln S', Freilein? Hoams dös Schild fei net g'sehn?«

Angela stieg aus dem Wagen.

»Ich bin die Prinzessin von Schönegg, mir gehört dieses Schloß. Können Sie mir vielleicht erklären, was hier vorgeht?«

»So, die Prinzessin san S'? Sakra, dös is fei was oanders. Dann gehen S' nur eini, do werden S' scho hör'n, woas passiert. Restauriern da ma.«

»Sehr schön.«

Etwas anderes wußte die Prinzessin nicht zu erwidern. Von dem biederen Bauarbeiter würde sie nicht mehr erfahren. Trautmann & Sohn legten bei ihren Arbeitskräften offensichtlich größeren Wert auf Fachkenntnis und Tüchtigkeit als auf Umgangsformen. Angela nahm ihre Handtasche und ging ins Schloß.

Auch drinnen waren Arbeiter beschäftigt. Sie packten Zerbrechliches in Kartons und deckten die Paneele und das Parkett ab. In der Halle stand eine Stehleiter, und zwei Arbeiter waren dabei, den Kronleuchter abzuhängen. Angela sah Malwine oben auf der Galerie geschäftig entlangeilen.

»Malvchen, einen Moment!«

»Ach Gott!« rief die Gute. »Berthold, die Prinzessin ist schon zurück. Berthold! Berthold! Wo steckt er denn? Immer, wenn man ihn braucht, ist er nicht da.«

»Ich will dich sofort sprechen Malwine!«

Daß die Prinzessin ihren richtigen Vornamen aussprach, war ein Alarmzeichen. Malwine eilte herbei. Die Verlegenheit stand ihr ins Gesicht geschrieben. Angela zog sie außer Hörweite der Arbeiter.

»Malwine, ich fordere eine gute Erklärung! Und zwar auf der Stelle.«

»Ich kann gar nichts sagen«, versicherte Malwine. »Denn Lügen haben kurze Beine, also schweige ich lieber. Im grünen Salon wartet jemand auf dich, Angela. Dort wirst du alles erfahren.«

»Na, der kann sich auf etwas gefaßt machen!«

Angela ließ die verlegene Schloßbedienstete stehen und eilte in den Salon. Sie riß die Tür auf – und sah Fürst Benno vor sich. Er trug einen hellen Anzug und ein modisches Seidenhemd. Er lächelte in Angelas erzürntes Gesicht. Ihre Aufregung wich grenzenlosem Staunen.

»Du, Benno? Mit dir hätte ich zuallerletzt gerechnet. Was bringt dich hierher?«

»Die Sehnsucht nach dir«, antwortete der Fürst mit weicher Stimme und schloß sie in seine Arme. »Jetzt ist alles gut, deine Sorgen sind zu Ende. Vorausgesetzt, du stimmst zu, meine Frau zu werden.«

Angela glaubte, den Boden unter den Füßen zu verlieren und hoch in den Lüften zu schweben. Für einen Moment verlor sie die Besinnung. Benno erschrak, aber Angela faßte sich gleich wieder.

»Ist das ein Heiratsantrag?«

»Jawohl. Ich lege dir hiermit mein Herz und alles, was ich besitze, zu Füßen. Bitte, sag ja.«

»Ja«, jubelte Angela, umschlang ihn und küßte ihn leidenschaftlich. »Ja, ja, und tausendmal ja. Ich hatte solche Angst, daß du mich verlassen hättest. Was hat das alles zu bedeuten? Schnell, sag es mir.«

»Gleich, aber zuerst laß dich noch einmal küssen.«

Sie versanken in einem langen Kuß. Dann erfuhr Angela alles. Fürst Benno hatte sich, nachdem er von ihrer Notlage erfuhr, eingeschaltet und die Restaurierung veranlaßt. Er wollte die Kosten tragen. Er hatte mit Berthold und Malwine im Komplott gehandelt. Benno strahlte wie ein Junge, dem ein besonderer Streich geglückt war.

»Schloß Schönegg wird bald schöner sein denn je«, sagte er. »Das ist mein Hochzeitsgeschenk an dich. Das Seegrundstück habe ich dir übrigens zurückgekauft.«

Die Verhandlungen mit den Behörden boten keine Schwierigkeiten. Das Schloß brauchte nur während der Bau- und Restaurierungsarbeiten leerzustehen. Natürlich konnte Angela mitreden, was die Ausführung dieser Arbeiten betraf, Schloß Schönegg sollte nach ihren Vorstellungen gestaltet werden.

Die Prinzessin war überwältigt. Sie mußte sich setzen. Fürst Benno brachte ihr eine Erfrischung.

»Mir schwirrt der Kopf«, sagte Angela. »Deshalb hast du dich so rar gemacht in letzter Zeit. Du wolltest mich überraschen.«

»Ich hoffe, es ist mir gelungen.«

»Das kann man wohl sagen. Du bist großzügig, Benno, ein wahrer Fürst.«

»Und du eine richtige Prinzessin. Ich gewinne ein Juwel, und ich will ihm den entsprechenden Rahmen geben.«

Dieses Kompliment war schöner als alles, was Angela je gehört hatte. Sie vereinbarten, ihre Verlobung in Kürze offiziell bekanntzugeben und auf Schloß Schönegg, sobald die Arbeiten abgeschlossen waren, eine glanzvolle Hochzeit zu feiern.

»Mein Hochzeitskleid werde ich selbst entwerfen«, sagte Angela. »Wie sieht es übrigens mit meiner weiteren beruflichen Tätigkeit aus? Denn aufgeben möchte ich meinen Beruf nicht.«

»Das ist auch nicht nötig. Du kannst weiterhin als Designerin tätig sein und auch die Teilhaberin von Edgar Cleven bleiben. Vorausgesetzt, daß du mir mehr Zeit gönnst, als es in den letzten Monaten der Fall war.«

»Ganz bestimmt, Liebster.«

Angela sah ein schönes, luxuriöses Leben vor sich. Sie mußte nicht mehr so wie bisher in der Modebranche schuften, sondern sie konnte sich ihre Arbeit als Bennos Gattin mehr wie ein Hobby gestalten. Wie durch einen Zauber waren alle Sorgen von ihr genommen, und sie konnte diesen Umschwung noch gar nicht recht fassen.

»Wie verhält es sich mit deinen Angehörigen?« fragte Angela »ihren« Fürsten. »Sind sie mit deinen Schritten einverstanden?«

»Frag' meine Mutter selbst«, antwortete Benno lächelnd und empfahl sich für kurze Zeit.

Fürstin Helene trat ein, sie hatte nebenan gewartet. Ihr Gesicht war ein einziges Strahlen.

»Liebes Kind«, sagte sie und breitete die Arme aus. »Ich freue mich so, daß du meine Schwiegertochter wirst, und ich wünsche dir und Benno alles Glück dieser Welt. Er hat die beste Wahl getroffen.«

*

Später stieß man auch mit Berthold und Malwine auf das Glück des jungen Paares an.

»Liebes Malvchen«, sagte Benno. »Sie gestatten, daß auch ich Sie so nenne?« Malwine nickte errötend. »Und daß ich Ihnen Sekt kredenze statt einen Ihrer bewährten Tees?«

Malwine nickte abermals. Die Gläser klirrten.

»Ich möchte Durchlaucht aber bitten, bei meinem vollen Vornamen zu bleiben«, äußerte sich Berthold, der nicht aus seiner Haut heraus konnte.

Mittlerweile wußte man, Benno hatte es mitgeteilt, daß Kranter wegen etlicher Vergehen in Untersuchungshaft saß und eine längere Freiheitsstrafe erwartete. Wenn seine Steuerhinterziehungen mit allem Drum und Dran aufgerechnet waren, würde sein Vermögen zerschmolzen sein.

Siggi Heuringer, Kranters ehemaliger Chauffeur, hatte eine neue Anstellung beim Fürsten von Pleskau gefunden. Er wollte Rita Malleck und ihren Sohn zu sich nehmen, dem stand nichts im Weg.

»Üb' immer Treu' und Redlichkeit«, verkündete Malwine. »Unrecht Gut gedeihet nicht. Das hätte Kranter beachten sollen, dann wäre es ihm besser ergangen.«

»Wir wollen diesen abscheulichen Menschen vergessen und in Zukunft nicht mehr erwähnen«, schlug Fürst Benno vor.

Er sah Prinzessin Angela in die strahlenden blauen Augen. Sie sagten ihm mehr als tausend Worte, und er wußte, daß er ihre Liebe niemals verlieren würde.

# Verbotene Nächte im Schloßhotel

Komteß Bianca hat ihre Grundsätze, doch dann …

Mit Begeisterung stürzt sich Komteß Bianca von Falkensteyn in ihre neue Aufgabe: Sie will das herrliche Schloß, das seit fünfhundert Jahren im Familienbesitz ist, in ein First-Class-Hotel umbauen. In ihrem Schloßhotel sollen sich lebendiges Traditionsbewußtsein mit höchsten Komfortansprüchen verbinden.

Das Schicksal scheint es gut mit ihr zu meinen. Trotz anfänglicher Schwierigkeiten findet sie einen Geldgeber, der Umbau läuft reibungslos, und die glanzvolle Eröffnung wird zum Highlight der Gesellschaft.

Nichts warnt die bildhübsche Komteß, daß ausgerechnet ihr Finanzier, der sehr viel ältere Berthold Mainlohe, nur auf diesen Moment gewartet hat, um ihr ein Angebot zu machen, das sie zutiefst abstößt – und das sie doch nicht ablehnen darf, wenn er sie nicht ruinieren soll …

»Das überlebe ich nicht!« rief die rundliche Gräfin Friederike von Falkensteyn ihrer Nichte zu. »Das Schloß unserer Väter wird ein Hotel. Hinz und Kunz können sich hier umtun, wie es ihnen beliebt. Hast du denn gar keinen Respekt vor der Tradition unserer Familie?«

»Nein, Tante. Was sein muß, muß sein«, antwortete die junge Komteß und reckte energisch die hübsche Stupsnase empor. »Wie würde es sich denn mit der Familientradition der Falkensteyns vertragen, wenn das Schloß versteigert werden müßte? Dann könnte irgendein Neureicher es zu einem günstigen Preis erwerben. Am Ende würde man noch eine Brauerei hier einrichten … oder eine Schönheitsfarm.«

»Oh, oh!« stöhnte die Gräfin und sank im Grünen Salon auf einem Polstersessel im Empirestil nieder. »Daran darf ich gar nicht denken!«

»Ich schon«, sagte Komteß Biancas Internatsfreundin Lore Geiger, eine brünette, vollbusige Person, die mit beiden Beinen fest im Leben stand. »Eine Schönheitsfarm wäre gar keine schlechte Idee. Damit kann man gutes Geld verdienen.«

»Kommt nicht mehr in Frage«, erwiderte Komteß Bianca. »Jetzt haben wir uns für das Schloßhotel entschieden. Es ist zu spät, die Pläne zu ändern. Woher sollten wir auch einen angesehenen, attraktiven Chefarzt und Schönheitschirurgen und ein Team von Diätspezialistinnen, Masseurinnen und Animateurinnen nehmen? Jedenfalls nicht so schnell.«

»Warum soll der Chefarzt denn attraktiv sein?« fragte Lore Geiger und gab sich gleich selbst die Antwort. »Ah ja, einem häßlichen Gnom traut man nicht zu, daß er die Menschheit verschönert.«

Gräfin Friederike hatte noch nicht aufgegeben.

»Seit fünfhundert Jahren sind die Falkensteyns hier in den Alpen ansässig! Rüdiger von Falkensteyn hat an der Ache, zwischen dem Kaisergebirge und den heutigen Kitzbüheler Alpen, seine Burg errichtet. Er stieß die Schwertklinge in die Erde und sprach: ›Dies ist unser Besitz. Nichts soll uns von hier vertreiben!‹ Dreimal ist die Burg abgebrannt worden im Laufe der Jahrhunderte. Immer wieder wurde sie neu errichtet. Im 18. Jahrhundert ist in den Grundzügen das heutige Schloß erbaut worden. Und jetzt willst du eine Gaststätte daraus machen?«

»Ein Schloßhotel«, verbesserte Bianca. Sie verstand ihre Tante durchaus. Die Gräfin war eine gute Seele, nur regte sie sich zu leicht auf. »Gerade damit Schloß Falkensteyn im Besitz unserer Familie bleibt, unternehme ich diesen Schritt. Du weißt selbst, wie unsere Finanzen stehen.«

»Am Abgrund«, kam die düstere Antwort von Lore Geiger.

Die Lider der Gräfin flatterten, weil Lore eingeweiht war und mitreden durfte. Deshalb fand die Unterredung nicht in der Bibliothek oder im gräflichen Arbeitszimmer statt, sondern im Salon.

Bianca fuhr realistisch fort: »Wir brauchen ein festes Einkommen. Das Dach muß dringend repariert werden. Auch sonst stehen einige Renovierungen an, wenn wir den Besitz in gutem Zustand erhalten wollen.« Ironisch fügte sie hinzu: »Markgraf Rüdigers vor fünfhundert Jahren in den Boden gestoßenes Schwert nutzt uns da wenig. Oder sollen wir im fünfhundertundersten Jahr nach dieser Tat pleite gehen?«

»Ich mag diese Ausdrucksweise nicht«, rügte die Gräfin.

»Und ich mag ihre Folgen nicht«, erwiderte die Komteß schlicht. »Lore, trag unser Konzept vor.«

Lore Geiger erzählte, was Bianca und sie ausgeheckt hatten. Der frühe Tod ihrer Eltern hatte Bianca von Falkensteyn mittellos zurückgelassen. Sie war vierundzwanzig, mittelgroß, ein aparter Typ mit grünen Augen, schwarzen Haaren, die sie halblang trug, und einer hinreißenden Figur. Betörend und sinnlich wirkte sie. Doch in ihrem Denken war sie ziemlich nüchtern und realistisch.

Sie hatte in München Germanistik studiert und das Studium mit Auszeichnung abgeschlossen. Aber mit ihrem Magister in Germanistik konnte sie nicht das Geld verdienen, das sie zur Erhaltung von Schloß Falkensteyn brauchte. Deshalb hatte sie sich mit ihrer besten Freundin Lore zusammengesetzt und verschiedene Möglichkeiten erwogen. Ein Schloßhotel schien den Freundinnen die beste Möglichkeit von allen.

»Wir können jedem etwas bieten, und das zu jeder Jahreszeit«, sagte Lore. »Wer Ruhe und Erholung sucht, kann diese hier bekommen. Und wem nach Rummel und Abwechslung zumute ist, kann nach Kitzbühel oder Sankt Moritz fahren und sich vergnügen. Wer etwas für seine Gesundheit tun will, kann das Moorbad Schwarzsee aufsuchen oder in Kitzbühel baden und kuren. Für die Kulturbeflissenen können wir zur Zeit der Salzburger Festspiele einen Hubschrauber-Pendeldienst einrichten.«

»Hubschrauber sollen hier starten und landen?« fragte Gräfin Friederike entsetzt. »Dann ist die Ruhe endgültig dahin. Das dulde ich nicht!«

»Sie sollen ja nicht direkt vor deinem Schlafzimmer oder auf der Schloßterrasse landen, Tante Friederike«, sprach Bianca leicht amüsiert. »Sei doch nicht immer so engstirnig.«

Gräfin Friederike schaute ihre Nichte vorwurfsvoll an, weil diese sie im Beisein einer nicht zur Familie gehörenden Person rügte. Bianca sah das nicht so eng.

»Die Lage unseres Besitzes ist für das Projekt Schloßhotel geradezu ideal«, fuhr sie fort. »Es ist ein Jammer, daß vorher noch niemand darauf gekommen ist. Statt dessen ...« Sie hielt inne.

Graf Walter, ihr Vater, hatte als Geschäftsmann leider viel Pech gehabt. Es war wie verhext – wenn er sich an einem Projekt beteiligte, und es gab derer viele, konnte man sicher sein, daß es sich ungünstig entwickelte. Und wenn einmal etwas gut lief, brannte der Teilhaber mit dem Geld durch oder der Graf wurde ausgebootet. Er war nicht untüchtig und auch nicht dumm gewesen, doch leider hatte er immer den falschen Leuten vertraut.

Biancas Mutter hatte sich musischen Interessen hingegeben und sich nie um die Familiengeschäfte gekümmert. Die unverheiratete Schwester des Grafen, Friederike, schon gar nicht. Manchmal, wenn Graf Walter eine erfolgreiche Phase gehabt hatte, war es besser gegangen. Doch ausgerechnet als er und seine Gattin beim Absturz des Sportflugzeugs von Bekannten ums Leben kamen, hatte es katastrophal ausgesehen.

Komteß Bianca mußte den Familienbesitz retten. Banken und sonstige Gläubiger fragten nicht nach

Adelstiteln und nahmen keine Rücksicht auf Jugend und Schönheit der Komteß.

Bianca hatte sagen wollen: Es ist schon ein Kunststück, mit einem Schloß in dieser Lage und mit den Möglichkeiten pleite zu gehen. Doch das wollte sie dem Andenken ihres Vaters und ihrer Tante nicht antun. Bianca hatte die Erbfolge angetreten, jedoch besaß ihre Tante ein Wohn- und ein Mitbestimmungsrecht. Zudem gehörte sie natürlich zum Familienrat der Falkensteyns, der aber nur noch aus ihr und ihrer Nichte bestand.

»Es wird bestimmt ein Erfolg«, prophezeite Lore Geiger. Sie war fünfundzwanzig, ein Jahr älter als Bianca, und kleidete sich burschikoser als die Komteß, die Modellkleider und Schönes liebte. »Wir haben auch schon das Personal. Mein Bruder Stefan ist ein Hotelfachmann, wie man so leicht keinen besseren findet. Er hat die Fachschule besucht und war in internationalen Häusern, zuletzt als stellvertretender Hoteldirektor, tätig. Er spricht fünf Sprachen, ist ungeheuer tüchtig und sieht hier eine Herausforderung und eine Aufgabe für sich.«

»Wie alt ist er?« fragte die Gräfin.

»Dreißig geworden. Im besten Alter für den Job. Jung, dynamisch, aber schon mit ein paar Jahren Erfahrung im Fach.«

Lore zählte die Häuser auf, in denen Stefan gearbeitet hatte. Es waren klangvolle Namen aus verschiedenen Orten der Welt.

»Er weiß, wen wir einstellen können«, sagte Lore. »Und Bianca und ich, wir werden uns einarbeiten.« Lore hatte ihren Job bei einer Werbeagentur gekündigt und wollte ins Hotelfach einsteigen. Sie war weltgewandt und konnte gut mit Menschen umgehen.

Sie lächelte Gräfin Friederike an: »Geben Sie sich einen Ruck. Sagen Sie ja zu dem Projekt. Es ist nicht nur die einzige, sondern auch eine sehr gute Möglichkeit.«

Die rundliche Gräfin im gediegenen Kostüm, mit Innenrolle-Frisur und Hornbrille, hatte die letzte Barriere noch nicht überwunden, die sie von der Entscheidung trennte. Sie bat Lore Geiger, allein mit ihrer Nichte sprechen zu können. Lore verließ das Zimmer.

»Ich weiß nicht«, sagte Gräfin Friederike. »Der Gedanke, daß fremde Leute hier herumschwirren, behagt mir nicht. Ich hatte hier immer meine Abgeschiedenheit und meine Ruhe. Die paar Leute Personal sind schon alle sehr lange hier. Schloß Falkensteyn ist eine beschauliche Insel in einer Welt voller Hektik und Unruhe.«

»Die Insel wird weggespült, wenn wir nichts unternehmen«, erklärte Bianca geduldig. »Du hast nur die Möglichkeit, entweder zuzustimmen oder deinen Lebensabend irgendwo in einem Adelsstift zu verbringen. Mit sehr knappen Mitteln.«

Unbehagliches Schweigen herrschte. Friederike von Falkensteyn hatte die Hände im Schoß gefaltet. Die Frühlingssonne schien in den Salon und malte Kringel auf den Parkettfußboden und die Empiremöbel. Durchs Fenster sah man die Ache fließen, ein schmales Gebirgsflüßchen, und rundum die Berge. Komteß Bianca liebte ihre Bergwelt. Ein Leben im Flachland hätte sie sich nicht vorstellen können.

Nach einer langen Weile des Schweigens sagte die Gräfin: »Hoffentlich hast du nicht auch auf die falschen Leute gesetzt, wie dein unglücklicher Vater so oft.«

»Ausgeschlossen«, erwiderte Bianca wie aus der Pistole geschossen.

»Es gibt noch eine andere Möglichkeit, um den Familienbesitz zu retten«, sagte Gräfin Friederike. »Oder was davon noch übrig geblieben ist. Nämlich eine reiche Heirat.«

Empört stand Bianca auf, bildschön in ihrem hellen Sommerkleid mit den halblang geschnittenen schwarzen Haaren, die ihr apartes Gesicht umrahmten. Jetzt sprühten ihre grünen Augen vor Temperament.

»Tante Friederike, soll ich mich vielleicht irgendeinem Konservenfabrikanten an den Hals werfen, nur damit du hier weiterhin deine Ruhe hast? Oder sonst einem Industriellen, Millionär oder Neureichen? Wie käme ich denn dazu?«

»Du kannst auch eine standesgemäße Verbindung eingehen. Es gibt wohlhabende Fürsten und Adelige, sogar gekrönte Häupter, die noch ledig sind.«

»Denkst du, sie warten auf mich?«

»Du bist sehr schön. Du verlockst jeden Mann.«

»Das weiß ich. Aber heiraten und eine Affäre haben sind zweierlei. Bei Eheschließungen wird nicht nur in Adelskreisen immer noch sehr gut und auch lange nachgedacht. Oder soll ich irgendeinen reichen Adeligen, der in die engere Wahl käme, pakken, ins Bett zerren und vor den Traualtar schleifen. Ihn mit allen Mitteln zu einer Ehe bewegen?«

»So habe ich das nicht gemeint.«

»Wie denn? Du weißt, wie umschwärmt von der Weiblichkeit gerade die jungen und gut aussehenden Adeligen sind. Besonders, auch das gebe ich zu, wenn sie nicht nur einen alten Namen, sondern zudem ein großes Vermögen haben. Soll ich mich dem Reigen der Heiratsinteressentinnen und Verführerinnen anschließen? Niemals, schon aus Prinzip nicht. Ich will mein Leben aus eigener Kraft meistern. Geld ist für mich kein Heiratsgrund. Eine Versorgungsehe würde ich niemals eingehen.«

Friederike von Falkensteyn seufzte innerlich. Dann stand sie auf und strich ihrer schönen Nichte sanft über die Wange.

»Du hast recht«, sagte sie. »Ich stimme dem Projekt Schloßhotel zu. Zwar wird es hier turbulent, aber, na ja, die Abwechslung wird mir gut tun. – Was ist übrigens mit dem alten Schloßpersonal? Unsere Leute sind meist schon in der zweiten oder dritten Generation im Schloß angestellt.«

»Sie werden entweder übernommen oder abgefunden. Die alte Dienerschaft, zumindest ein Teil davon, trägt zum Flair von Schloßhotel Falkensteyn bei. Außerdem, das oberste Geschoß im Westflügel behalten wir ausschließlich für uns. Dort stört dich niemand, Tante Friederike.«

»Ein Schloßhotel«, sagte die Gräfin. »Ich vermute, daß aufgrund der günstigen Lage viele Adelige bei uns absteigen werden?«

»Das glaube ich auch.«

»Nun, vielleicht wird es recht unterhaltsam. Der Adel kommt dann zu uns, wir bewirten ihn und werden noch dafür bezahlt.«

»Du entwickelst einen Geschäftssinn, den ich dir nicht zugetraut hätte, Tante. Natürlich nehmen wir nicht jeden Gast. Dafür sorge ich schon. Das Mischungsverhältnis muß stimmen. Also keine Billigtouristen und Pauschalangebote. Wir arbeiten nicht mit den großen Reiseveranstaltern zusammen, sondern machen selbst unsere Werbung. Lore kennt sich da aus. Schloßhotel Falkensteyn soll etwas Besonderes sein.«

»Das hört sich gut an.«

Die Begeisterung der jungen Leute hatte die Anfangsfünfzigerin angesteckt. Zudem hatte Gräfin Friederike noch einen Hintergedanken. Wenn Adelige hier verkehrten und gehobene Kreise, würde Bianca zwangsläufig attraktive junge Männer kennen lernen. Vielleicht ergab sich hier etwas, es war sogar anzunehmen.

Bianca hatte zuletzt eine Liaison mit einem Jungakademiker gehabt, die nach der ersten Verliebtheit wegen verschiedener Ansichten endete. Die beiden hatten festgestellt, daß sie nicht zusammenpaßten und sich in Freundschaft getrennt.

Friederike von Falkensteyn spürte mit feinem Gefühl, daß ihre Nichte sich nach der Liebe sehnte. Sie hatte Romanzen gehabt, schließlich war sie bildschön und kein Kind von Traurigkeit. Doch der richtigen großen Liebe war sie noch nie begegnet. Vielleicht kommt diese Liebe jetzt, dachte die Gräfin. Ich würde es Bianca wünschen und gönnen. Vielleicht kommt sie mit einem Gast in das Schloßhotel.

Friederike von Falkensteyn hatte als junges Mädchen einmal eine ganz große Enttäuschung erlebt, die sie nie verwand. Sie konnte es nicht. So entschied sie sich, unverehelicht zu bleiben. Eine alte Jungfer mit den typischen Attributen, die man dieser nachsagte, war sie nicht. Ledig sein, dachte sie, als sie aus dem Zimmer ging, ist keine Schande.

Aber Bianca, die sie innig liebte, sollte ein anderes Leben und eine andere Erfüllung als Mensch und als Frau haben. Einen Mann, der sie liebte und achtete und mit dem sie sich harmonisch verstand, und Kinder, die bei ihr aufwuchsen und die das Geschlecht derer von Falkensteyn fortsetzten.

*

Zunächst war an Liebe noch nicht zu denken. Zuerst einmal standen umfangreiche Baumaßnahmen ins Haus. Die Schloßhalle wurde zum holzgetäfelten Foyer umgebaut, mit Sitzgelegenheiten, Hydro- und Topfpflanzen und vor allem der Rezeption. Computer und andere Errungenschaften der modernsten Technik sollten sich hier mit dem Traditionellen mischen.

Schloß Falkensteyn war in U-Form errichtet. Im Innenhof befanden sich ein Springbrunnen, der schon seit Jahren abgestellt war, Rasen, ein paar Bäume, Büsche und Blumenrabatten.

Nach dem Willen des Finanziers Berthold Mainlohe sollte der Park im Innenhof in einen großen Parkplatz verwandelt werden.

»Damit es die Gäste bequemer haben«, sagte der massige Finanzier bei einer Konferenz vor Ort Ende Mai.

Sein Drei-Tage-Bart sollte ausgleichen, was er oben am Kopf zu wenig an Haaren hatte, und ihm ein modernes, dynamischen Outfit verleihen. Mainlohes Wort hatte Gewicht. Um so mehr staunte er, als Bianca ihm glattweg widersprach.

»Das kommt gar nicht in Frage. Ich will nicht den ganzen Hof voller Autos stehen haben. Wie sieht denn das aus? Die Gäste können bis zur Freitreppe fahren. Dort steigen sie aus. Die Hotelpagen übernehmen das Gepäck, und ein Angestellter fährt das Auto hinters Schloß.«

Später sollte eine Tiefgarage gebaut werden. Doch zuerst wollte man einmal abwarten, ob sich das »Schloßhotel Falkensteyn« geschäftlich rentierte.

Mainlohe schaute die aparte Komteß im apfelgrünen Frühjahrskostüm mit Interesse an. Er war zweimal geschieden, ein beinharter Geschäftsmann. Die kleine Komteß, wie er sie bei sich nannte, gefiel ihm sehr.

Mindestens genauso gut gefiel ihm die Vorstellung, durch eine Verbindung mit ihr einen Grafentitel erhalten zu können. Andere Männer in seinen Jahren und mit seiner Position kauften sich akademische Titel oder die Konsulswürde eines exotischen Landes, um ihr Image aufzupolieren. Doch ein echter europäischer Grafentitel, dazu noch so eine bildhübsche, aparte junge Frau, darum hätte Mainlohe jeder beneidet.

Bei Biancas Anblick regten sich in seiner Brust Gefühle, die er bei sich schon nicht mehr für möglich gehalten hatte. Sein Herz schlug schneller, wenn er sie sah. Sein Hals wurde trocken, wenn Bianca im Schloß die Treppe heruntertänzelte, anders konnte man ihren beschwingten Gang nicht beschreiben. Mainlohe gefielen ihre schlanken Beine viel besser als die seiner französischen Geliebten, die er zum Aufenthalt im Schloß mitgebracht hatte.

Biancas Stimme bezauberte den Geschäftsmann, der einem Bankenkonsortium vorstand. Bianca brauchte natürlich Geld, um das Schloß umzubauen und verschiedene Reparaturen vorzunehmen. Ihre Hausbank hatte bedauert. Die übrigen Finanzquellen, die sie anzuzapfen versuchte, stellten sich quer. Dort wollte man Business-Pläne und Unterlagen sehen, Rentabilitätsberechnungen und vieles andere mehr. Dann sollte alles zum Vorstand gehen oder von irgendwelchen Gremien geprüft werden.

Bianca wäre mit dem Projekt Schloßhotel wohl schon im Vorfeld gescheitert, wenn sie nicht von Freunden in München auf Mainlohe hingewiesen worden wäre. Er kam, sah und war überzeugt. Wie ein Bulldozer walzte er alle Hindernisse nieder, die sich ihm in den Weg stellten. Er verfügte über Verbindungen und Möglichkeiten von denen andere träumten.

Einen Bankrott und eine kleine Vorstrafe wegen unlauterer Wechselausstellung verschwieg er in seiner Vita. An diesem Tag zog Mainlohe mit einem Schwarm von Investoren, Beratern und dem Architekten durch das Schloß. Die Bauarbeiter hatten schon mit ihrem Werk begonnen. Der Fußboden in der Halle war abgedeckt, Arbeiter besserten die Paneele aus und lackierten sie mit einer matten Firnis. Die Maserung sollte erhalten bleiben.

Leitungen wurden erneuert, Durchgänge geschaffen, Zimmerfluchten teils übernommen und neu ausgestattet, teils Zimmer anders aufgeteilt. Im Keller des Westflügels entstanden eine Sauna und ein Solarium. Zudem sollte ein Schwimmbecken eingerichtet werden, dazu Whirlpools. Der Reitstall sollte modernisiert werden.

Beim Reitstall im Ostflügel mokierte sich Mainlohe. Er war von seinem Trupp umgeben, der Handy-Gang, wie man sie heimlich nannte. Seinen Kopfnickern und Jasagern, wie andere meinten. Bianca standen nur ihre Freundin und Mitarbeiterin Lore Geiger, deren Bruder Stefan und Innenarchitekt Harald Alzhauser zur Seite, den sie selbst engagiert hatte. Denn es war noch immer ihr Schloß, auch wenn es zum Hotel umgebaut wurde.

Bianca hatte nicht nur einen hübschen, sondern auch einen eigenwilligen Kopf. Sie wollte keine genormte Einrichtung wie bei einer Hotelkette, wo weltweit alles gleich aussah, und sich nicht die Vorstellungen anderer Leute aufzwingen lassen, was schön war und wie etwas zu sein hätte. So hatte sie in den letzten Wochen mit Mainlohe und seinen Beauftragten schon manchen harten Strauß ausgefochten.

Das Schloß glich einer Baustelle. Biancas Tante, die Gräfin Friederike, hatte sich in den Westflügel zurückgezogen. Sie verließ ihre Zimmer kaum noch.

»Wenn ich das bloß geahnt hätte«, war ihre ständige Rede, »hätte ich meine Einwilligung zu diesem Projekt niemals erteilt.«

Und: »Wo soll das bloß hinführen, wo noch enden? Diese Geschäftemacher, die du uns ins Schloß holst, schrecken vor nichts zurück. Just gestern, als ich mir die Haare wusch, haben die Bauarbeiter das Wasser abgestellt, ohne daß ich vorher davon verständigt worden wäre. Da stand ich, die Haare voller Schaum, und konnte zusehen, wie ich ihn weg und sie trocken kriegte.«

»Du hättest den Aushang in der Halle lesen sollen«, erklärte Bianca ihrer Tante ganz gelassen. »Am Schwarzen Brett steht alles, was angesagt ist.«

»So weit ist es gekommen.« Die Gräfin regte sich wieder auf. »Im Schloß unserer Vorfahren muß ich mich nach Schwarzen Brettern und fremden Leuten richten. Das hat es nicht einmal zur Zeit der Bauernkriege gegeben.«

An diesem sonnigen Maitag bemängelte Berthold Mainlohe den Pferdestall und nannte ihn abschätzig ein altes Gemäuer.

»Dieser Bau entspricht nicht mehr den behördlichen Feuerschutzvorschriften«, sagte er. »Da muß alles erneuert werden. Ich will einen blitzmodernen, gepflegten Reitstall mit erstklassigen Pferden. Der alte Klepper da in der Box muß als erstes weg.«

»Das ist Hannibal, der Rappe, auf dem ich reiten gelernt habe«, sagte Bianca. »Von ihm als Zuchthengst stammen Derbysieger und erstklassige Rassepferde ab. Jetzt hat er ausgedient. Aber er erhält hier sein Gnadenbrot, so lange ich da bin. Bevor Hannibal geht, gehe ich.«

»Wer wird auf ihm reiten wollen?« fragte ein bebrilltes Männchen im Nadelstreifenanzug, Mainlohes Buchhalter. »Er taugt nicht mal mehr für die Kinder, denen wir Ponys zur Verfügung stellen.«

»Der alte Zosse ist unrentabel und paßt nicht in das Konzept eines Reitstalls, wie ich ihr mir vorstelle«, pflichtete Mainlohe dem Buchhalter bei. »Zudem nimmt er unnötig Platz weg, häßlich ist er auch.«

»Irgendwann, wenn Sie älter werden, sind Sie auch unrentabel, Herr Mainlohe«, sagte Bianca. »Wer weiß, wie Sie dann aussehen werden. Soll man Sie dann irgendwohin abschieben, wo keiner sie sieht, oder ganz abschaffen?«

Die Gefolgschaft des mächtigen Finanziers erstarrte. So hatte noch nie jemand mit Berthold Mainlohe zu sprechen gewagt. Sie erwarteten einen Zornesausbruch. Auch Biancas Freunde fürchteten, sie wäre zu weit gegangen. Doch Mainlohe tat, was er bei keinem anderen Menschen getan hätte: Er lachte.

»Donnerwetter, jetzt haben Sie es mir aber gegeben, Komteß. Sie fürchten sich wohl vor niemand, was?«

Bianca richtete sich gerade auf.

»Das Motto unserer Familie lautet: Tue recht und scheue niemand. Ich bin eine moderne junge Frau, Herr Mainlohe. Aber in der Beziehung stehe ich fest in der Tradition. Hannibal ist für mich ein Stück von Schloß Falkensteyn, ein Gefährte meiner Kindheit und ein treuer alter Freund. Schieben Sie Ihre Freunde ab, wenn sie alt geworden sind?«

Mainlohe tat abermals, was von ihm keiner erwartet hätte: Er verbeugte sich formvollendet und küßte Biancas Hand.

»Komteß, verzeihen Sie mir. Das habe ich nicht bedacht. Der Hengst kann bleiben. Eine andere Box müssen wir ihm allerdings zuweisen. Der vordere Teil ist für die Reit- und Renommierpferde gedacht.«

Er gab noch einige Anweisungen, was im Reitstall verändert werden sollte. Eine Wand sollte durchbrochen und der Stall vergrößert werden.

»Sprinkleranlage«, sagte Mainlohe. »Automatische Fütterung, das spart Personal. In der warmen Jahreszeit sind die Pferde auf der Koppel unterhalb vom Schloß.«

»Was das kostet!« Der Buchhalter tippte in seinen Taschencomputer. Beim Hinausgehen wandte er sich an Mainlohe: »Was diesen alten Gaul angeht, die Gestellungskosten pro Box sind, wie ich das rechne, so ungefähr um die 14000 Euro. Und da wollen Sie einen alten Zossen hineinstellen?«

»Halten Sie den Mund!« wies ihn Mainlohe zurecht. »Sie sollen rechnen. Das Denken und Managen erledige ich. – Klar?«

»Jawohl, Herr Mainlohe.«

Damit war der Fall abgeschlossen. Die Gruppe wandte sich anderen Details zu. Es ging in den Ostflügel, wo der Speiseraum, Bar und Fernsehzimmer eingerichtet werden sollten. Schloß Falkensteyn verfügte über einen großen Ballsaal, der wieder in Betrieb genommen werden sollte. Im Westflügel befanden sich das Fitneßstudio und die Ritterstube, ein exklusives kleines Lokal, das aus Küche und Keller das Feinste bieten und für gemütliche Stunden sein sollte. Es gab zwanzig Einzel- und hundertfünfzehn Doppelzimmer, dazu noch ein paar Suiten, von denen die Fürsten-Suite die exklusivste und teuerste war.

Die Dienerschaft von Schloß Falkensteyn flüsterte hinter vorgehaltener Hand, was eine Übernachtung dort kosten sollte.

»Jo, Herrschaftszeiten«, sagte der Pferdeknecht. »Dafür kann ich ja meine ganze Familie über den Winter bringen.«

Er übertrieb natürlich, doch ganz aus der Luft gegriffen war seine Aussage nicht. Bei schönem Wetter sollten die Hotelgäste auf der Schloßterrasse frühstücken können, mit Blick auf die Hohe Salve und andere Gipfel. Das Panorama der Alpen breitete sich herrlich ums Schloß aus. Hier mußte es jedem gefallen. Das Schloßhotel Falkensteyn bot zahlreiche Sportmöglichkeiten und Freizeitangebote. Komteß Bianca und Lore Geiger waren auf die Idee zurückgekommen, hier auch ein kleines Schönheitsstudio einzurichten, was sich anbot.

Mit Lymphdrainage, Schönheitsmasken, gezielten Behandlungen und Gymnastikangebot. Bianca sollte als Diätberaterin fungieren. Lore hatte auf dem Gebiet zwar die besseren Kenntnisse, doch leider außer dem üppigen Busen auch noch sonstwo ein paar Pfunde zuviel.

»Ich kann die Beratung nicht durchführen«, sagte sie. »Ich wirke nicht glaubhaft. Aber du mit deiner

Traumfigur, Bianca, dir wird jede abnehmen, daß du eine Menge von der Materie verstehst, und so wie du aussehen wollen.«

Bianca schnitt abends im Gästezimmer, das Lore bewohnte, eine Grimasse, als sie das besprachen.

»Warum nimmst du nicht einfach ab?« fragte sie kurz und bündig.

»Das ist für mich viel schwieriger, als wenn du dich über die Themen Schlankheit und Fitneß informierst. Lernen ist leichter als abnehmen. Außerdem, was du einmal richtig gelernt hast, vergißt du nie wieder. Aber zunehmen kannst du ganz leicht wieder. Ich muß so aufpassen, ich werde schon dick, wenn ich eine Sahnetorte anschaue.«

»Gestern abend hast du fünf Kognak getrunken. Das hat auch Kalorien.«

»Soviel? Das ist mir gar nicht aufgefallen, es geschah in Gedanken.«

»Das sind die Gedanken vom Schwips.«

Ein Gymnastik- und Skilehrer sollte eingestellt werden. Ferner das übrige Hotelpersonal, vom Chefkoch über den Portier bis hin zu den Zimmermädchen. Schloßhotel Falkensteyn versprach eine noble Sache zu werden, und ein gutes Geschäft, freute sich Berthold Mainlohe. Die Hotelgäste konnten mit den schloßeigenen Pferden ausreiten, Tennis spielen, Bergwanderungen unternehmen und sogar Dreitausender besteigen. Im Winter spielten das Skifahren, Apres-Ski und Schlittenpartien eine Hauptrolle.

Ein Arzt aus Sankt Johann würde im Hotel zweimal die Woche seine Sprechstunde abhalten und jederzeit erreichbar sein für die kleinen und großen Krankheiten der Hotelgäste. Wer viel unternehmen und etwas erleben wollte, konnte das. Und wer die Ruhe und Abgeschiedenheit suchte und einfach nur die gute Luft und die schöne Bergwelt genießen wollte, hatte dazu die Möglichkeit.

Während der Saison, und die war immer, sollten im Schloßhotel zweimal im Monat große Bälle stattfinden. Zudem zu besonderen Anlässen Feuerwerk und im Frühjahr und Herbst die Falkensteyner Fuchsjagd, eine Reitveranstaltung, die unter Biancas Eltern etwas in Vergessenheit geraten war. Kabelfernsehen, Videogeräte, Telefon, die Hotelzimmer bekamen alles. Manager fanden Konferenzzimmer und einen Sekretariatsdienst, wenn sie unbedingt arbeiten wollten oder mußten.

Berthold Mainlohe und Stefan Geiger dachten an alles. Lore hatte nicht übertrieben, als sie ihren Bruder dynamisch und tüchtig nannte. Stefan war 1.85 Meter groß und hatte dunkelbraune Locken und ein sympathisches, offenes Jungengesicht. Er war sportlich, würde im Winter einen erstklassigen Skifahrer abgeben und kam mit wenig Schlaf aus. Harald Alzhauser, der Innenarchitekt, den Bianca sympathisch fand, war ein femininer Typ mit blonden Engelslocken und rundlichem Gesicht.

Er verfügte über einen sarkastischen Humor und pflegte sich vorzustellen: »Alzhauser, wie Alzheimer, nur noch nicht so weit fortgeschritten.«

Führungen des Heimatvereins über die Alpenpfade mit Pflanzenkunde, Vorträge, unter anderem über die Geschichte der Falkensteyns, gesellige

Abende, Folklore, ein Malatelier, die Disco im Keller, die Schloßbibliothek, im Spätsommer Ritterspiele, es war an alles gedacht.

Stefan Geiger ermahnte die allzu agile Komteß Bianca: »Mal müssen wir die Hotelgäste auch in Ruhe lassen. Sonst können wir gleich noch eine Krankenstation einrichten für allzu Gestreßte.«

»Die Leute wollen ein Programm geboten haben«, erwiderte Bianca. »Davon abgesehen wird sich das alles einspielen. Überflüssige Kurse und Angebote streichen wir einfach. – Kurse für Yoga und meditative Entspannung fehlen uns noch«, fuhr die Komteß fort. »Ich habe schon eine Kursleiterin.«

Sie war supereifrig, aus ihrem Schloßhotel einen Erfolg zu machen. Stefan und Lore rieten ihr, auch einmal an sich zu denken, sich auszuruhen und zu entspannen. Bianca war Tag und Nacht auf den Beinen und sprühte vor Unternehmungslust. Mit den Bauarbeitern und sonstigen Handwerkern verstand sie ausgezeichnet umzugehen.

Wenn sie darum bat, leisteten die Männer klaglos Überstunden und manches, was sie sonst nie getan hätten. Mit dem Architekten und dem Bauleiter hatte Bianca ihre kleinen Auseinandersetzungen. Meist setzte sie ihren Willen durch. Berthold Mainlohe erschien mindestens einmal die Woche und überzeugte sich von dem Fortschritt der Arbeiten.

Unbarmherzig trieb er die beauftragten Firmen an, die Terminvorgaben einzuhalten. Er hatte Konventionalstrafen ausgehandelt, also Preisminderungen, und die Preise ohnehin schon gedrückt bis zum

Geht-nicht-mehr. Pfusch duldete er nicht, und was er nicht sah, bemerkten todsicher seine Kontrolleure.

»Der Mann ist ein Sklaventreiber«, faßte Stefan Geiger es zusammen. »Aber unerhört tüchtig.«

»Wie er dich immer anschaut«, sagte Lore zu ihrer Freundin. »Er ist bis über beide Ohren in dich verliebt.«

»Er ist mindestens doppelt so alt wie ich«, sagte Bianca an diesem Spätsommertag im Schloßhof. Ihr war natürlich aufgefallen, daß Mainlohe um sie warb.

»Bei einem Mann sind das die besten Jahre.«

»Sagt man. Wenn die besten da sind, sind die guten vorbei.«

Die beiden Freundinnen lachten laut und unbeschwert. Die Elektriker, die im Schloß noch an der Arbeit waren, schauten zu ihnen hin. Was für fröhliche, nette junge Frauen, dachten sie. Die Komteß ist überhaupt nicht eingebildet. Sie redet mit unsereinem, als ob wir zusammen die Schulbank gedrückt hätten. Trotzdem verstand es Bianca, Abstand zu wahren.

Sie war die Komteß und die Schloßherrin. Sie bewohnte mit ihrer Tante die Zimmer im Westflügel, im obersten Stockwerk. Im Sommer war es unter dem Dach ziemlich heiß. Friederike von Falkensteyn beklagte sich in einer Tour. Sie war ständig mit gekühlten Tüchern und Eiswürfeln zugange und jammerte über ihren Kreislauf.

»Wenn er zusammenbricht, wenn ich einen Kollaps erleide und sterbe, bist du daran schuld, Bianca«, murrte sie.

Die Komteß küßte an dem Sommerabend ihre Tante auf die schweißnasse Stirn.

»Wenn du stirbst, dann als Heldin bei dem Versuch, Schloß Falkensteyn vor dem Untergang in dem Schuldenmeer und der Eroberung durch die Gläubiger zu retten, Tantchen. Das werden wir auf deine Gedenktafel in der Familiengruft schreiben.«

»Sehr rücksichtsvoll, aber ich möchte noch eine Weile leben.«

»Sobald wir genug Geld haben, lasse ich eine Klimaanlage einbauen. Bis dahin genügt mir der Ventilator.«

Bianca hatte sich bei Mainlohe durchgesetzt, daß der Innenhof kaum verändert wurde. Die Gartenanlagen blieben, besonders die alte Blutbuche, die schon zweihundert Jahre dort stand. Die Komteß hatte den Baum sogar unter Naturschutz stellen lassen, damit niemand es wagen sollte, Hand an ihn zu legen.

Der Springbrunnen sollte wieder plätschern, sobald die Hotelgäste einzogen. Hinterm Schloß, außerhalb vom Blickfeld, waren für die noblen Karossen der hochkarätigen Gäste Garagen erbaut worden. Die Blumenrabatten blühten in aller Pracht in dem Innenhof. Zudem war hier ein Wandelgang angebaut worden. Die Fahne der Falkensteyns, ein Vogel mit Krone und Schwert in den Klauen, wehte von beiden Schloßtürmen.

Sobald der Sommer herum war, sollte das Schloßhotel eingeweiht werden. Die Handwerker arbeiteten auf Hochtouren. Komteß Bianca hatte die Augen überall. Mit Lore zusammen hatte sie eine Werbekampagne für das »Schloßhotel Falkensteyn« aufgezogen; Hochglanzbroschüren von dem Hotel mit all seinen Attraktionen und Annehmlichkeiten waren gedruckt worden.

Sie gingen an einen Personenkreis, von dem man sich Buchungen und Gäste erhoffte. Manchmal, wenn sie am Sommerabend nach getaner Arbeit auf der Schloßterrasse saß, dachte Bianca auch an die Liebe. Dann hatte sie eine unbestimmte Sehnsucht nach Küssen und Zärtlichkeit, nach gemeinsamem Erleben mit einem Mann. Doch es gab viel zu tun, einen Liebhaber »für den kleinen Hunger zwischendurch«, wie Lore es nannte, mochte sie sich nicht nehmen.

Es mußte ein Mann sein, der ihr Herz erwärmte und den sie bewundern, zu dem sie aufschauen konnte, ohne sich ihm unterzuordnen. Manchmal ritt Bianca auf ihrer Stute Artemis durchs Gelände, bis Pferd und Reiterin schweißbedeckt waren. So reagierte sie sich ab, um nachts tief und fest schlafen zu können.

*

Komteß Bianca hatte viele Freunde im In- und Ausland, die sie häufig einluden. So wurde ihr angeboten, eine Kreuzfahrt durch die Ägäis, auf der Yacht eines adeligen Industriemagnaten, zu machen. Sie lehnte ab, obwohl Lore und ihre anderen Freunde ihr rieten, sich wenigstens einen Kurzurlaub zu gönnen.

Der Ball- und der Speisesaal des Schloßhotels wurden gerade hergerichtet. Das wollte Bianca selbst überwachen.

Auch Berthold Mainlohe lud sie ein, nach Aspen in Colorado, einem exklusiven Sommerkur- und Wintersportort. »Dort können Sie sich anschauen, was die Amerikaner auf dem Gebiet der Hotelbranche in einem exklusiven Ort wie Aspen leisten«, sagte der Finanzier. »Es ist eine Studienreise.«

Komteß Bianca sagte unter der Bedingung zu, daß Lore und Stefan Geiger sie begleiten sollten.

»Auch sie haben die Studie nötig.«

Mainlohe räusperte sich. Die Kosten blieben an seiner Gesellschaft hängen. Er versuchte zu handeln, es war aber nicht möglich. Mit einem Blick auf Biancas hübsches Dekolleté und ihre schlanken, sonnengebräunten Beine sagte er gequält zu.

Drei Tage später flogen sie in die USA, wo sie eine knappe Woche blieben. Mainlohe strengte sich mächtig an. Doch mehr als ein freundliches Lächeln vermochte er von der spröden Komteß nicht zu ergattern.

In Aspen ging er schließlich aufs Ganze. Am letzten Abend vor der Abreise, der Rückflug sollte von Colorado City nach New York und von dort nach München stattfinden, tanzte er in der Cocktail-Lounge des »Gladfire Hotels« auf der schwarzgläsernen Tanzfläche mit Bianca. Der Champagner stand schon im Kühler auf dem Zweiertisch, direkt am Fenster mit Panoramablick.

Bianca hätte an dem lauen Spätsommerabend lieber draußen an der frischen Luft auf der schmalen Terrasse gesessen. Doch die Amerikaner hatten es mit ihren Klimaanlagen.

Mainlohe war ein guter Tänzer, jedoch für Biancas Geschmack tanzte er zu exakt und mit zu wenig

Intuition. Der weiße Smoking ließ ihn noch stattlicher erscheinen. Am Tisch angelangt, nach einem Blues, reichte er Bianca ein Schmucketui. Im weißen Abendkleid sah sie bezaubernd aus, eine Traumfrau.

Bianca öffnete das Etui. Es enthielt einen Brillantring und ein Kollier. Mainlohe küßte ihr wieder die Hand.

»Ein Präsent als Verehrung für Ihre Schönheit«, sagte er. »Ihre Augen sind wie zwei Sterne, Komteß.«

»Oh nein, Berthold«, – sie sprach ihn mit Vornamen an, siezte ihn aber – »ich habe Katzenaugen. Außerdem ist das linke ein wenig größer als das rechte.«

Mainlohe schaute hin.

»Das kann nicht sein.« Er bemerkte ihr Lächeln. »Sie scherzen, Komteß.«

»Sie scherzen nicht mit dem Schmuck. Berthold, das kann ich nicht annehmen. Die Schmuckstücke sind zu teuer.«

»Nicht für mich. Ich bin kein armer Mann.«

»Aber für mich.«

Mainlohe ergriff Biancas Hand und streichelte sie.

»Der Ring und das Kollier verpflichten Sie zu nichts, Bianca. Ich möchte nur, daß sie Ihre Schönheit betonen und an Ihnen funkeln und leuchten.«

Das sagte er, doch er meinte es anders. Wenn Bianca die Schmuckstücke annahm, gab sie Mainlohe damit eine Zusage. Dann würde er wissen, daß er sie gewinnen konnte und seine Anstrengungen verdoppeln.

»Sind Sie nur deswegen in die USA geflogen, um mir hier näher zu kommen?« fragte Bianca.

Mainlohe atmete schwer.

»Teils.«

»Für den Teil hätten Sie die Reise aussparen können, Berthold. Wir haben eine rein geschäftliche Beziehung. Ich möchte, daß das so bleibt. Ihr Antrag ehrt mich. Das Geschenk kann ich nicht annehmen. Es gibt genug andere Frauen, die es mit Begeisterung annehmen würden. Die für Sie und für Ihren Erfolg schwärmen, für das, was Sie sind und ihnen bieten können.«

»Vielleicht. Aber ich liebe Sie, Komteß Falkensteyn. Ich weiß, daß es dumm ist für einen Mann in meinem Alter, das zu sagen. Doch es stimmt. Ich bin verliebt wie ein Achtzehnjähriger, wenn ich Sie anschaue. Wollen Sie mir alle Hoffnung rauben?«

»Hoffnung ist immer, so lange das Leben währt«, antwortete Bianca mit einem Gemeinplatz. »Doch an Ihrer Stelle, Berthold, würde ich meine Hoffnungen auf andere Objekte richten.«

»Objekte, wie Sie das sagen.« Mainlohe rümpfte die Nase. »Frauen sind für mich oft Objekte gewesen. Ich wollte sie haben, und dann interessierten sie mich nicht mehr, und ich ließ sie fallen und wandte mich anderen zu. Bei Ihnen, Komteß, verhält es sich anders. Da spricht mein Herz. Sie werde ich immer lieben.«

Bianca lächelte fein.

»Das haben Sie den anderen sicher auch gesagt.«

Mainlohe legte die Hand aufs Herz.

»Niemals. Statt plump zu lügen, schweige ich lieber. Komteß, gewähren Sie mir noch diesen Tanz. Dann wollen wir uns verabschieden. Ich muß packen.«

So geschah es. Sie schwebten über die Tanzfläche. Bianca lag in den Armen des Finanzmagnaten. Sie spürte seine kräftigen Muskeln, die man bei einem Mann in seiner Position nicht unbedingt erwartete. Er hatte den Sexappeal des Erfolgreichen, wie viele weltgewandte Persönlichkeiten.

Aber er ließ Bianca kalt. Zu ihm sprang kein Funke über, obwohl er völlig hin und weg von ihr war. Es lag keinesfalls daran, das Berthold Mainlohe kein Adeliger war. Auch der Altersunterschied mußte es nicht unbedingt sein, obwohl er eine Rolle spielte.

Mainlohe wirkte sehr männlich. Doch die Chemie zwischen ihnen stimmte für Bianca nicht. Weder zitterten ihr die Knie, noch spürte sie die berühmten Schmetterlinge im Bauch, wenn er sie berührte. Nach dem Tanz tranken sie den Rest Champagner im Stehen am Tisch.

Der Finanzier führte Bianca zum Lift, wo er sich mit einem Handkuß verabschiedete. Der ist es nicht, dachte die Komteß, als sie nach oben fuhr. Aber welcher Mann wird es sein, der mein Herz erobert? Sie ahnte, sie fühlte, daß etwas sich anbahnte. Es war eine Erkenntnis, die sie vom Verstand her nicht erklären konnte.

Bianca suchte Lores Zimmer auf. Sie hustete, als sie die Tür öffnete. Lore lag bäuchlings auf dem Bett, ein Whiskyglas stand am Boden, der Aschenbecher war voller Kippen. Lore hatte eine Schönheitsmaske im Gesicht, blätterte in amerikanischen Modeblättern, hörte CD und zappte sich zusätzlich durch die dreißig Fernsehkanäle. So etwas tat sie gern, das nannte sie Entspannung.

Bianca hustete und öffnete die Balkontür. Die Klimaanlage kämpfte vergeblich gegen den dichten Rauch an.

»Diese Schönheitsmaske ist super«, sagte Lore. »Die Zusammensetzung besteht aus Kürbiskeimen und Enzymen.«

»Wirklich fantastisch. Schade, daß du sie wieder abwaschen mußt.«

»Du mit deinem losen Mundwerk, Bianca. Was führt dich zu deiner uralten chaotischen Freundin, die in neun Leben zahlreiche Erfahrungen sammelte?«

Lore glaubte an die Wiedergeburt. Bianca nahm das kommentarlos hin. Sie redete über Berthold Mainlohe und seine Geschenke.

»Einen mehrkarätigen Brillantring von erlesenem Schliff und ein lupenreines Kollier hast du abgelehnt? Du bist ja meschugge. Das hätte er mir anbieten sollen. So schnell schaust du nicht, wäre es meins gewesen.«

»Und dann? Du kannst nicht solche Geschenke annehmen und ihn danach noch abweisen. Es ist eine Einwilligung, eine Zusage.«

»Wenn schon. Wer etwas verspricht, muß auch vergessen können.« Lore rollte sich auf den Rükken und streckte die nackten Beine zu einer Kerze hoch in die Luft. Sie trug nur ein hauchdünnes

Negligé und ein Höschen. Ihre prallen Formen bewegten sich.

»Den Brillantring und das Kollier hättest du jedenfalls gehabt. Das nimmt dir keiner mehr weg. Und mit Männern umzugehen, sie auf Abstand zu halten oder heranzuziehen, wie man das macht, darüber muß ich dir ja wohl keinen Vortrag halten.«

»Mainlohe weiß, was er will. Mit ihm kannst du keine Spielchen treiben.«

»Pah, gerade mit ihm. Er ist auch nur ein Mann.« Alle Verachtung für das sogenannte starke Geschlecht klang in Lores Stimme mit. »Du kannst ihn zu mir schicken«, schlug sie scherzhaft vor. »Da wird er seine Brillanten los.«

»Nicht, wenn du die Maske drauf läßt. Dann erleidet er einen Schock fürs Leben.«

»Ekel.« Lore tat, als ob sie die Parfümflasche vom Nachttisch nach Bianca werfen wollte. »Aber in einem Punkt stimme ich dir zu: Mein Traummann ist Mainlohe auch nicht. Doch obwohl, mit ihm als Ehemann, der viel auf Reisen ist, in einer hübschen Villa wohnen und sich nach Belieben Liebhaber zu nehmen, das könnte ich mir schon vorstellen.«

»Du bist schamlos.«

»Ach wo. Ich spreche nur das aus, was du als Adelige nicht darfst. Ihr habt ja immer noch eure Konventionen und Standesregeln. Obwohl, auch das wird heute lockerer gesehen als früher.«

»Keineswegs. In früheren Zeiten waren die Sitten freier. Nicht nur am Hof des Sonnenkönigs war es üblich, daß ein Adeliger offizielle Geliebte, also Mätressen, hatte. Madame Pompadour und die Montespan sind sogar dir sicher ein Begriff.«

Jetzt waren sie vom Thema abgeschweift. Bianca hatte sich mit Lore über Berthold Mainlohe aussprechen wollen. Doch mit der Freundin war heute anscheinend kein ernstes Wort zu reden. Aber als die Komteß sie offen und deutlich fragte, ob sie Mainlohe auf Abstand halten könne, antwortete Lore nüchtern und sachlich.

»Er ist bis über beide Ohren in dich verliebt und gewohnt, seinen Kopf durchzusetzen und das zu bekommen, was er will. Du bist für ihn die Verkörperung aller positiven weiblichen Eigenschaften und bringst ihm zudem noch einen Adelstitel, mit dem er sich schmücken kann. Die Ehe mit dir wäre für ihn die Krönung seiner Karriere und all seines Strebens. So hat er nur Geld, Macht und Einfluß wie andere in seinen Kreisen auch. Mit dir als Gattin könnte er eine viel höhere und bessere Position erreichen.«

»Denkst du, daß er so denkt?«

»Das ist todsicher. Ein Mann wie Mainlohe hat immer seinen Vorteil im Auge. Das ist ihm in Fleisch und Blut übergegangen. Er hat Kultur und Manieren, unangenehm bedrängen wird er dich nicht, jedenfalls nicht mit Absicht. Doch er wird von seinem Streben nicht ablassen, dich für sich zu gewinnen, bis er entweder sein Ziel erreicht – oder bis du mit einem anderen Mann verheiratet bist.«

»Du meinst, das würde er respektieren? Aus Anstand?«

»Weniger. Vielmehr gäbe es mit dem Adelstitel für ihn Probleme, wenn er gewissermaßen eine

Gräfin aus zweiter Hand heiratet. Die Frage wäre auch, wer dein erster Gatte wäre.«

»Aus zweiter Hand, wie sich das anhört.« Bianca schüttelte den Kopf. »Liebt Mainlohe nach deiner Meinung mich oder meinen Titel?«

Mit der Eheschließung würde die Komteß Gräfin sein.

»Beides«, antwortete Lore.

»Sorge dich seinetwegen nicht, verliebe dich lieber, am besten in einen ganz tollen und standesgemäßen Mann. Der Typ, daß er deswegen die Geschäfte mit uns aufgibt, ist Mainlohe nicht. Dafür liegt ihm sein Profit viel zu sehr am Herzen. Nur wird man ihn nach einer Eheschließung deinerseits mit einem anderen viel weniger im Schloßhotel Falkensteyn sehen.«

»Damit könnte ich leben.« Bianca, die selten rauchte, zündete sich eine Zigarette an und inhalierte. Durch die offene Balkontür wehte angenehm kühle Abendluft herein. »Doch in wen sollte ich mich verlieben? Ich habe schon lange keinen Mann mehr getroffen, bei dem ich mir das vorstellen könnte. Fast habe ich schon die Hoffnung aufgegeben, jemals den Richtigen zu treffen.«

»Dann tröste dich ab und zu mit einem Halbrichtigen, bevor gar keiner da ist«, lachte Lore, die Frohnatur. »Und jetzt marsch, ab ins Bett. Morgen müssen wir früh aufstehen, um unsere Maschine nicht zu verpassen. Ich werfe einfach alles in den Koffer, schneide ab, was herausschaut, trinke noch einen Kognak und lege mich hin. – Halt, die Schönheitsmaske muß ich noch abnehmen.«

Bianca lachte. Lore verstand es immer wieder, sie aufzuheitern. Sie nahm das Leben von der leichten Seite. Bianca war tiefsinniger, feinfühliger und verletzlicher. Sie suchte ihr Zimmer auf. Wo ist der Mann, den ich lieben kann, der für mich bestimmt ist, dachte sie, als sie im Bett lag und noch nicht einschlafen konnte. Wann werde ich ihm begegnen?

*

Drei Wochen nach der Rückkehr von Komteß Bianca und Lore Geiger aus den USA wurde das Schloßhotel Falkensteyn eingeweiht. Eine Blaskapelle spielte. Der Schützenverein von Sankt Johann schoß Salut, daß es von den Bergen widerhallte.

Berthold Mainlohe hielt eine Rede. Dann sprach Komteß Bianca einige Worte und zerschnitt das Band vor dem Hoteleingang. Es gab eine Feier für die Investoren und die am Bau beteiligten Handwerker sowie für geladene Gäste. Dabei ging es hoch her.

Jetzt konnten die ersten Gäste kommen. Das Hotelpersonal, allen voran der frischgebackene Hoteldirektor Stefan Geiger, beobachtete mit Argusaugen die Einfahrt. Dort mußte der erste PKW mit dem ersten Gast erscheinen.

Biancas und Lores Werbekampagne und persönliche Einladungen hatten Wirkung gezeigt. Es lagen so viele Vorbestellungen vor, daß das Hotel bereits ausgebucht war. Und das für mehrere Wochen. Bianca hatte es kaum glauben können.

Natürlich waren die Hotelgäste, teils Adelige, teils Bürgerliche, auch auf sie neugierig. Berthold Mainlohe hatte der Komteß schon gesagt, daß sie repräsentieren und mit den Gästen Kontakt halten sollte. Bianca war die Hausherrin und ein wichtiger Bestandteil, vielleicht der wichtigste, des Projekts Schloßhotel.

Dann endlich fuhr die erste Limousine vor. Es handelte sich um das Fahrzeug eines Spitzenpolitikers, der hier ein paar Tage ausspannen wollte. Der honorige Volksvertreter brachte seine Gattin und die zwei fast erwachsenen Kinder mit. Die Pagen flitzten. Ein Hotelangestellter übernahm die Schlüssel und fuhr den Wagen ums Schloß zur Garage.

Die Politikergattin bewunderte von der Freitreppe aus die Anlage im Innenhof. Die Wassertropfen der Springbrunnenfontäne glänzten silbrig im Sonnenlicht und bildeten einen Regenbogen. Alles rundum war spiegelblank geputzt, strahlend weiß die Fassade des Schlosses samt Erkern, Türmen und Türmchen. Das Schieferdach war frisch gedeckt worden.

»Was für ein herrliches Schloß, was für eine schöne Umgebung, nein, was für ein herrlicher Ort!« begeisterte sich die Ministergattin.

Das Ehepaar samt Kindern und Chauffeur, der zugleich Mädchen für alles war, wurden vom Hoteldirektor als die ersten Gäste freundlich begrüßt. Sie trugen sich an der Rezeption ein und erhielten ihre Schlüssel. Von da an ging es Schlag auf Schlag – ständig trafen neue Gäste ein. Komteß Bianca und Stefan Geiger kamen aus den Begrüßungen nicht mehr heraus. Die anreisenden Damen erhielten jeweils einen Blumenstrauß, weil es der Eröffnungstag des Hotels war.

Es gab nur einmal im Lampenfieber des ersten Tages eine kleine Panne, als das Gepäck zweier Hotelgäste ins falsche Zimmer gebracht wurde. Aber der kleine Irrtum ließ sich schnell aufklären. Jeder konnte zufrieden sein, das Hotelpersonal genauso wie die Gäste. Stefan Geiger dirigierte den Betrieb souverän. Dabei war er freundlich und hatte eine lockere Art. Nur Gräfin Friederike hatte wieder einmal etwas auszusetzen.

»Das Kleid, das du trägst, ist zu freizügig für den Anlaß«, rügte sie ihre Nichte, als diese am Abend kurz die Räume im Westflügel aufsuchte. »Und du läufst diesen Menschen, den Hotelgästen, hinterher. Was kann ich für Sie tun? fragst du sie. Dabei bist du die Komteß und Hausherrin. Die Hotelgäste müssen zu dir kommen, wenn sie etwas wollen.«

»Soll ich vielleicht Audienzen geben?« fragte Bianca spitz. »Was mein Kleid betrifft, ein Spitzencouturier hat es für geschäftliche Anlässe kreiert. Es ist extravagant und très chic. Der Ausschnitt ist kaum nennenswert.«

»Schmal, ja, aber tief.«

Beim Abendessen saß Komteß Bianca mit Hotelgästen, die Vollpension gebucht hatten, im Speisesaal zu Tisch. Es gab mehrere Gerichte zur Auswahl. Der Minister und seine Gattin waren begeistert.

»Drei Wochen hier, und ich habe zehn Pfund zugenommen«, sagte der Politiker, der ohnehin schon einiges Übergewicht auf die Waage brachte. »Doch was soll es, abspecken kann ich später.«

Bianca log höflich, das hätte der Minister nun wirklich nicht nötig. Sie plauderte charmant und bezauberte ihre Gäste. Da es interessante Leute waren, blieb sie länger als vorgesehen und setzte sich mit ihnen dann noch in den Rittersaal.

Die Komteß war umschwärmt. Alle anwesenden Männer von achtzehn bis achtzig flirteten heftig mit ihr und wollten ihre Aufmerksamkeit auf sich lenken und sie beeindrucken.

Bianca, der Lore zur Seite stand oder vielmehr saß, lächelte amüsiert. Sie war es gewöhnt, daß die Männer sich für sie interessierten und hatte längst gelernt, damit umzugehen. Gegen Mitternacht zog sie sich zurück. Der erste Tag war ein voller Erfolg gewesen. Wenn es so weitergeht, dachte Bianca glücklich beim Einschlafen, gibt es zumindest geschäftlich keine Probleme.

Dann wird das Schloßhotel Falkensteyn eine kleine Goldgrube.

Und es ging so weiter. Die Zahl der Gäste riß nicht ab. Von Anfang an lief der Hotelbetrieb auf Hochtouren. Dank Stefan Geigers Fachkunde, freundlichem Wesen und überlegener Ruhe konnten alle auftauchenden Probleme gemeistert werden. Vorerst jedenfalls.

Stefan war ein Schatz. Selbst wenn das Hotel gebrannt hätte, hätte er noch die Ruhe bewahrt. Und wäre ein Balkon an der Außenfassade heruntergebrochen, hätte sein Kommentar gelautet: »Dann bauen wir ihn wieder an.«

Bianca von Falkensteyn war das Juwel, das in der erlesenen Fassung des Schloßhotels Falkensteyn funkelte. Sie lernte rasch, was zum Hotelfach gehörte und einiges mehr. Bianca sprach mehrere Sprachen – englisch, spanisch und italienisch – und eignete sich schon daher für die Hotelbranche.

Dazu war sie kontaktfreudig und warmherzig. Die Gäste, Adelige und Nichtadelige, fühlten sich bei ihr gut aufgehoben und vor allem willkommen. Als Menschen, nicht nur wegen der Brieftasche. Bianca war mit ihrem Schloßhotel in eine Marktlücke gestoßen und hatte einen Beruf gefunden, der sie ausfüllte und ihr Spaß machte.

Die ersten Wochen nach der Eröffnung vergingen ihr wie im Flug. Längst war es Herbst geworden. Die Blätter verfärbten sich, die Blumen verblühten, und die Kühe wurden von den Almen zu Tal getrieben. Ein rauher Wind blies über die Berge. Bald würden die nebligen, grauen Tage beginnen und die tief hängenden Wolken die höchsten Gipfel verbergen.

Dann ließ die Saison nach, und auch im Schloßhotel Falkensteyn wurde es ein klein wenig ruhiger. Dann jedoch, ab dem ersten Schneefall, fing die Wintersaison an. Da kamen die Skifahrer in Strömen und es fing ein noch turbulenteres Treiben als im Sommer an. Dann wurde, wie die Tiroler derb sagten, jeder Heustadel zur Bar oder zur Liebeslaube. Schloß Falkensteyn würde von der Entwicklung nicht verschont bleiben.

Berthold Mainlohe freute sich. Er zählte seine Tantiemen. Bianca merkte allmählich, Stefan Geiger steckte ihr da ein Licht auf, daß er sie bei den Verträgen ordentlich übervorteilt hatte. Den Löwenanteil des Gewinnes schluckte seine Finanzierungsgesellschaft. Die Investoren konnten sich die Hände reiben, die Arbeit blieb an der Komteß und am Schloß- und Hotelpersonal hängen. Doch Bianca hatte keine andere Wahl.

Ihr blieb genug übrig, wenn sie es vom Geld her rechnete, mehr als jemals zuvor. Vor allem würde Schloß Falkensteyn nicht in fremde Hände übergehen, verkauft oder versteigert. Bianca war ununterbrochen tätig, nutzte jedoch auch die Gelegenheiten, ihre Schönheit zu pflegen und sich körperlich fit zu halten. Ihr Aussehen war ihr Kapital, das wußte sie.

Der Schönheitssalon von Schloß Falkensteyn bot sich für sie an, zudem die verschiedenen Anwendungen und die Gymnastik- und Fitneßkurse. Wenn sie nicht gerade völlig erledigt war oder sich unwohl fühlte, nahm Bianca bereits am Morgen entweder im Freien oder im Fitneßstudio an der Gymnastikstunde teil.

Zuerst hatte sie diese täglich persönlich abgehalten. Inzwischen war eine diplomierte Sportlehrerin eingestellt worden, mit der Bianca sich abwechselte. Der eingeplante Skilehrer sollte seinen Dienst erst zum offiziellen Beginn der Wintersaison anfangen. Die Komteß konnte ihre Freundin Lore nur in seltenen Fällen dazu bekommen, mal einzuspringen, in der Frühe schon gar nicht.

»Morgenstund' ist ungesund«, pflegte Lore zu sagen und sich muffelig auf die andere Seite zu drehen, wenn sie vor neun Uhr angesprochen wurde. Und: »Wer früh aufsteht, ist früh müde.«

Die Herren der Schöpfung konnten unter der Anleitung eines Sportlehrers turnen oder joggen.

Der Sportlehrer gab auch Reitstunden. Ganz Kühne konnten sich sogar im Drachenfliegen üben, eine Sportart, die Bianca große Bewunderung abnötigte. Die Gäste des Schloßhotels waren mit den Angeboten und den Animateuren sehr zufrieden. Sogar Berthold Mainlohe bequemte sich, den Fitneßraum aufzusuchen, wenn er – für ihn als Geschäftspartner umsonst – im Schloßhotel wohnte.

Mainlohe achtete extra darauf, daß Bianca anwesend war, als er schwere Hanteln stemmte. Er brachte beachtliche Gewichte hoch. Doch er verließ schon nach kurzer Zeit schwer atmend das Studio im Erdgeschoß des Westflügels. Lange konnte er solche Anstrengungen nämlich nicht aushalten. Er reiste früher als vorgesehen ab, weil er sich die Bandscheibe verrenkt hatte, was sehr schmerzhaft war.

Er kehrte nach München zurück und ließ sich dort von einem Orthopädieprofessor behandeln. Vor Bianca wollte er sich nämlich keine Blöße geben und vor allem ewig jung und dynamisch erscheinen.

»Welcher Teufel hat Sie denn geritten, mein Lieber«, fragte der Professor Mainlohe in seiner Privatpraxis in der Maximilianstraße, »daß Sie solche Anstrengungen unternahmen?«

Mainlohe erzählte ihm, wie es zu dem Bandscheibenschaden gekommen war.

»Ein bildhübscher Teufel mit schwarzen Haaren, hinreißender Figur, schrägen grünen Augen, einem aparten Kußmund und hohen Backenknochen«, schwärmte der Finanzier. »Das Teufelchen hat sogar einen Adelstitel und besitzt ein Schloß. Das heißt, nach den geschlossenen Verträgen habe ich das Verfügungsrecht über das Schloß, in dem sich auch einer meiner Betriebe befindet. Und ich könnte es unter gewissen Umständen sogar aufkaufen. Aber das weiß die Dame noch nicht.«

»Sie sind der gerissenste Fuchs, der mir jemals begegnet ist«, erwiderte der grauhaarige, schlanke und distinguierte Professor anerkennend. »Aber in Ihrem Alter sollten Sie nicht mehr den Bodybuilder spielen. – Ich gebe Ihnen Spritzen und verschreibe Ihnen Massagen. Dann wird der Schaden rasch behoben sein. Belasten Sie Ihre Wirbelsäule in den nächsten vierzehn Tagen nicht. Für Ihr Alter verfügen Sie über eine bemerkenswerte Konstitution und haben Bärenkräfte.«

Mainlohe schluckte hart bei dem Kompliment. »Man ist so alt, wie man sich fühlt«, sagte er und zog sich wieder an.

»Das hat sich schon mancher eingebildet, der bei einer jungen Frau unbedingt den Helden und Springinsfeld spielen wollte«, entgegnete der Professor. »Hinterher ist er tot vom Hocker gefallen oder holte sich einen irreparablen Gesundheitsschaden. Reiten Sie lieber mit der Dame gemächlich aus und spielen Sie Tennis in Maßen.«

»Bianca schmettert mich glatt vom Platz, wenn ich ihr mit dem Tennisschläger entgegentrete«, murmelte Mainlohe.

»Was wollen Sie eigentlich?« fragte der Mediziner. »Denken Sie, die Dame würde sich wegen Ihrer sportlichen Qualitäten für Sie interessieren? Dann sollte sie sich einen Olympiasieger suchen.«

»Naja, man will ja noch nicht zum alten Eisen gehören.«

Mainlohe verabschiedete sich. Der Professor schrieb ihm eine gesalzene Rechnung für die Privatkonsultation. Er wußte, es traf keinen Armen. Wieder einer, der sich wegen einer jungen und schönen Frau zum Narren macht, dachte er, und der den Jahren davonlaufen will. Davor sind selbst intelligente Männer nicht gefeit. Vielleicht sind diese noch anfälliger als einfache, simple.

Mainlohe gab sich große Mühe, Bianca zu gefallen. Er zog alle Register. Als er sich keinen anderen Rat mehr wußte, versuchte er, von ihrer Tante einen Tip zu bekommen.

Gräfin Friederike staunte nicht wenig, als der Finanzier sie bei einem Wochenendaufenthalt im Schloßhotel zu einem Ausritt einlud. Sie hatte schon seit vielen Jahren nicht mehr auf einem Pferd gesessen, und damals schon ungern. Pferde traten hinten aus, so sah es die Gräfin, vorne bissen sie, und in der Mitte bockten sie und warfen unsichere Reiter herunter. Das mußte nicht sein. Doch gern stimmte Friederike von Falkensteyn einem Spaziergang zu.

Kühl war die Abendluft, die Alpengipfel glühten im Abendrot. Berthold Mainlohe und Gräfin Friederike hatten einen nicht zu beschwerlichen Pfad gewählt, der vom Schloßhotel weg an einer Bergwiese entlang zu einer Bank am Latschenkiefernwald führte. Mainlohe war im Anzug. Die Gräfin hatte ein Trachtenkleid gewählt, das ihr bei ihren barocken Formen hervorragend stand, und trug Wanderschuhe. Von dunklen Locken umrahmt, lächelte ihr durchaus ansprechendes Gesicht den stattlichen Finanzier an.

»Mein lieber Herr Mainlohe ...«

»Nennen Sie mich Berthold, wenn ich das vorschlagen darf, Gräfin Friederike. Schließlich kennen wir uns nun schon eine Weile. Ich bin dem Schloß und den Falkensteyns in Zuneigung und Freundschaft verbunden, wenn ich das sagen darf. Es freut mich immer, wenn ich die Zeit erübrigen kann, um dieses schöne, stattliche Schloß zu besuchen. Aber ich komme nicht nur aus geschäftlichen Gründen.«

»Ach. Weshalb noch?«

»Gräfin, es ist eine Herzensangelegenheit. Es fällt mir sehr schwer, darüber zu sprechen. In meiner Welt lernt man, über Bilanzen und Kapital zu reden, doch nicht über zarte Gefühle. Darf ich mich Ihnen anvertrauen?«

»Ihr Vertrauen ehrt mich. Wollen wir uns dort auf die Bank setzen?«

Sie nahmen Platz. Gräfin Friederike legte sich das Plaid um die Schultern und zog es zurecht. Ihre rehbraunen Augen schauten Mainlohe freundlich an.

»Berthold, mir können Sie alles anvertrauen.«

»Gräfin ... ich bin verliebt, wie ich es nicht einmal in meiner stürmischsten Jugend war. Die Auserwählte ist ... eine Dame von Falkensteyn.«

Mainlohe ergriff im Überschwang seiner Gefühle, und weil er sich nichts dabei dachte, Gräfin Friederikes Hand. Sie legte das völlig falsch aus. Die

Gräfin war ein oder zwei Jahre älter als Mainlohe und durchaus attraktiv, obwohl sie natürlich mit ihrer Nichte nicht konkurrieren konnte. Friederike von Falkensteyns Liebessehnsucht war durchaus noch nicht erloschen, obwohl sie sich eigentlich damit abgefunden hatte, ein Single zu bleiben.

»Von Falkensteyn«, sagte sie und spürte die Wärme und den zarten Druck von Mainlohes Hand. »Weiß es die Dame?«

»Sie weiß nicht, wie es wirklich um mich bestellt ist«, antwortete Mainlohe traurig. »Ich fürchte, sie schätzt mich völlig falsch ein. Ja, ich bin vielfacher Millionär und mir bieten sich viele Möglichkeiten. Doch in meinem Herzen bin ich allein. Ich möchte um meiner selbst geliebt werden.«

Das war eine dreiste Lüge. Mainlohe war es egal, weshalb Bianca sich für ihn entschieden hätte. Hauptsache, er konnte sie überhaupt für sich gewinnen. Gräfin Friederike meinte, er spräche von ihr. Schließlich schaute er ihr in die Augen, und Biancas Namen hatte er noch nicht erwähnt.

»Ich kann sie so gut verstehen, Berthold. Auch ich bin allein. Zwar denken alle, ich hätte mich damit abgefunden. Doch manchmal spüre ich Sehnsucht im Herzen.«

»Dann sollten wir uns zusammentun«, sagte Mainlohe und meinte damit natürlich eine gegenseitige Hilfe in Liebesangelegenheiten. »Auch Sie können Ihr Glück finden, Gräfin.« Charmant lächelte er ihr zu. »Darf ich auf Ihren Rat und Ihren Beistand hoffen? Ich möchte die Auserwählte nämlich nicht verprellen, indem ich einen Fehler begehe. Auch möchte ich mir keine Blöße geben. Ein Mann in meiner Position, Sie verstehen? Ich habe zahlreiche Feinde und Neider, die nur darauf warten, daß sie mich zum Gespött machen können.«

Die beiden saßen eine Weile schweigend da. Dann ließ Mainlohe die Hand der Gräfin los. Im Aufruhr seiner Gefühle hatte er nicht bemerkt, daß er sie die ganze Zeit hielt.

»Für die Liebe«, sagte Gräfin Friederike, »ist man nie zu alt. Wir sind in den besten Jahren. Eine Gräfin Falkensteyn und Sie, ein gestandener Mann und eine Größe in der Finanzwelt, das kann eine glückliche Verbindung geben, auch wenn sie nach adeligen Maßstäben nicht ganz standesgemäß ist. Doch in der heutigen Zeit ist das nicht ausschlaggebend, zumal, wenn das Herz spricht.«

»So ist es.«

Mainlohe dachte, als er von der Verbindung mit einer Gräfin Falkensteyn hörte, an Bianca. Schließlich würde sie mit der Heirat von einer Komteß zur Gräfin.

Gräfin Friederike hingegen war total überzeugt, Mainlohe wäre in sie verliebt. Sie war derzeit die einzige Gräfin Falkensteyn. Daß Mainlohe sich heftig für ihre Nichte interessierte, war der Gräfin entgangen. Sie mochte nicht viel vom Hotelbetrieb wissen. Mainlohes Umtriebe hatte sie nicht verfolgt, ihm jedoch im Stillen vorgeworfen, daß er die Umstellung und die Unruhe nach Falkensteyn gebracht hatte.

Deshalb war sie ihm bisher sehr reserviert entgegengetreten, ja, hatte ihn sogar gemieden. Jetzt, als er ihr sein Herz ausschüttete, sah sie ihn mit gänzlich anderen Augen an. Ein stattlicher, attraktiver Mann war er ja. Den angegrauten Drei-Tage-Bart müßte man ihm abgewöhnen, dachte die Gräfin. Er müßte sich auch dezenter kleiden, nicht mehr so protzig mit Anzügen der weltbesten Designer und Couturiers. Schliff hat er ja, das muß man ihm lassen. Sicher hat er genug von den jungen Dingern und der Unruhe, die sie ihm bereiten, und sucht Ruhe, Geborgenheit und Erfüllung bei einer reifen und lebenserfahrenen Frau.

Gräfin Friederike meinte, dafür genau die Richtige zu sein.

»Ich muß mir das alles gut überlegen«, sagte sie. »Dann sprechen wir weiter darüber. Daß sie mit einem solchen Anliegen an mich herantreten, hat mich überrascht.«

»Hoffentlich nicht unangenehm?«

»Nein … Berthold. Es beschwingt mich, versetzt mich in Aufregung. Geben Sie mir einen Tag Zeit.«

»Sie geben mir Bescheid?« fragte Mainlohe und meinte, Gräfin Friederike würde ihm dann sagen, wie sie seine Chancen bei ihrer Nichte einschätzte, und wie er diese für sich gewinnen könnte.

»Ja, Berthold. Jetzt bringen Sie mich bitte zum Schloß zurück.«

Bianca wunderte sich an diesem Abend, daß ihre Tante vor sich hin trällerte, ihre Garderobe kritisch überprüfte und dann beschloß, sich ein paar schicke neue Kleider in Salzburg zu kaufen. Außerdem wollte sie sich eine andere Frisur zulegen und hatte einen Termin mit der Hotelkosmetikerin vereinbart.

Bianca kam aus dem Staunen nicht mehr heraus.

»Du wirst dich doch nicht verliebt haben, Tante?«

»Du wirst es kaum glauben: Ein Mann ist in mich verliebt.«

»Nein. Ich wollte sagen, fantastisch. Wunderbar. Wer ist denn der Glückliche, für den du deine Garderobe und dein Leben umkrempeln willst?«

»Das wird nicht verraten. Später vielleicht. Heute nicht. ›Ich küsse Ihre Hand, Madame ...‹.«

Die Gräfin war aufgekratzt wie ein Teenager.

*

Während sich hier Verwirrungen anbahnten, warf ein Neuankömmling besonderer Art seinen Schatten voraus in das Schloßhotel. Der Schatten hatte die Form eines Fahndungsschreibens der Kantonspolizei, das über Fax eintraf.

Stefan Geiger besprach es mit Komteß Bianca in deren Büro, das gleich neben dem seinen lag. In nüchternem Amtsdeutsch hieß es im Schreiben:

*... warnen wir vor einem Hochstapler, der sich als Adeliger ausgibt und verschiedene Hotels und exklusive Geschäfte in Europa und Übersee erheblich geschädigt hat. Der Betreffende ist circa dreißig Jahre alt, hoch gewachsen und dunkelhaarig, trat jedoch auch schon mit blonden Perücken in Erscheinung. Glatt rasiert oder Bartträger. Erstklassige Manieren, überzeugendes Auftreten. Nutzt den Rahmen des First-Class-Hotels und seinen Namen, um betrügerische Geschäfte mit Gutgläubigen abzuschließen. Trat außerdem als Schmuckdieb und*

*auf andere Weise unliebsam in Erscheinung. Kauft gern große Mengen erlesener Luxusgüter auf Kredit oder mit ungedeckten Schecks. Handelt mit falschen Antiquitäten. Besondere Kennzeichen: ausgeprägter Charme, mehrere Fremdsprachen, kleeblattförmige Tätowierung in Blau, Rot und Grün unter der linken Achsel. Waffengewalt und Brutalität werden ausgeschlossen. Es gibt Hinweise, daß der Gesuchte in unserer Gegend auftreten wird. Bei seinem Auftauchen ist die Kantonspolizei zu verständigen.*

Telefon- und Faxnummer der Kriminalpolizei waren beigefügt. Außerdem konnte man sich an jede Polizeidienststelle wenden.

Eine Liste von Adelsnamen, die der Betrüger schon benutzt hatte, schloß sich an. Sie las sich wie ein Querschnitt durch den europäischen Adelsalmanach. Der Betrüger benutzte jeweils echte Adelsnamen und -titel. Er überzeugte sich vorher, daß die richtigen Titelträger seine unsauberen Kreise nicht störten.

»Das ist ein starkes Stück«, sagte Bianca.

Sie telefonierte im Haus herum, bestellte Lore hinzu und ließ sich eine Computerliste mit den Gästevorbestellungen ausdrucken. Stefan Geiger schaute ihr über die Schulter, und sie lasen gemeinsam, als Lore eintrat. Es war Vormittag. Lore war im Hotel unterwegs gewesen. Ihr Bruder stand nahe bei Bianca. Er roch den Duft ihres leichten Parfüms und ihres Haares. Es war ein Duft von frische und jugendlicher Weiblichkeit.

Lore wußte den Gesichtsausdruck ihres Bruders zu deuten. Noch einer, der sich in Bianca verliebt hat, dachte sie. Wie macht sie das bloß? Die Männer liegen ihr alle zu Füßen. Der arme Stefan hat überhaupt keine Chance bei ihr, und er verzehrt sich. Die Welt ist so ungerecht. Wie viele andere Frauen würden sich um die Männer reißen, die Bianca verschmäht?

Die Komteß hatte Lore am Telefon nichts gesagt. Jetzt informierte sie sie.

»Wir müssen den Hochstapler entlarven, bevor er sich im Schloßhotel einnistet«, erklärte sie. »Sonst gibt es eine Katastrophe. Für die Wintersaison haben sich Mitglieder des Hochadels angesagt.«

»Vielleicht befindet er sich darunter«, bemerkte die praktisch veranlagte Lore.

»Das glaube ich eher nicht«, erwiderte Bianca. »Der Hochadel ist ein eng geschlossener Kreis. Man kennt sich untereinander. Der Betrüger ginge ein zu großes Risiko ein, entdeckt zu werden. Vielleicht ist er ja kaltblütig genug. Aber ich glaube eher, daß er sich eine andere Zeit aussuchen wird.«

»Wir haben für nächste Woche schon eine Vorbestellung von einem Fürsten«, warf Stefan ein. »René von Kroningen. Er hat die Fürstensuite gemietet.«

Lore pfiff durch die Zähne.

»Das kostet eine ganz schöne Stange Geld«, meinte sie. »Nun, einen Fürsten kann man schlecht um Vorkasse bitten. Sollte etwa ...?«

Die Freundinnen und Stefan Geiger schauten sich an.

Dann sagte Bianca: »Den Fürsten Kroningen werde ich mal genau überprüfen. Wenn es sein muß, gehe ich ihm bis unter die Achseln.« Als Lore sie verständnislos anschaute, erklärte sie: »Da hat er nämlich eine Tätowierung. Der Hochstapler, meine ich. Frage mich nicht, weshalb er sich ausgerechnet unter die Achsel, wo keiner es sieht, ein vierblättriges Kleeblatt hat tätowieren lassen.«

Stefan erwies sich als sehr belesen.

»Das ist eine alte Zigeunersitte«, meinte er. »Es soll Glück bringen und dafür sorgen, daß einem niemals das Geld ausgeht.«

»Na, prosit«, äußerte seine Schwester. »Ein Zigeuner, der sich als Fürst ausgibt, hochstapelt und betrügt, hat uns im Schloßhotel gerade noch gefehlt.«

Bianca schaute kampflustig drein.

»Den Burschen greifen wir uns. Fürst Kroningen, außerhalb der Saison, daß ich nicht laut lache. Aber an uns wird er sich die Zähne ausbeißen, der Zigeunerbaron mit Hochadelsambitionen. Er landet schneller in einer Polizeizelle, als er Piep sagen kann.«

Vor dem Eintreffen des Fürsten Kroningen war noch ein anderes Problem zu lösen. Was den Fürsten betraf, sah Bianca sich schon nach einem kurzen Studium des Adelsalmanachs in ihrem schlimmsten Verdacht bestätigt. Aber sie war gewarnt, der Fuchs, vielmehr der Pseudofürst, würde ihr schon in die Falle gehen. Die Kantonspolizei sollte sich bereit halten, sobald er mit dem falschen Eintrag ins Gästebuch den ausschlaggebenden Beweis und das nötige Belastungsmaterial für den Staatsanwalt geliefert hatte.

Doch vorher hatte Gräfin Friederike mit ihrer Nichte eine Unterredung. Berthold Mainlohe war wegen dringender Geschäfte plötzlich nach München abberufen worden. Von dort flog er nach London, dann mußte er nach Paris, Stockholm und Bern. Es galt, wichtige Verhandlungen zu führen, bei denen er persönlich anwesend sein mußte. So hatte er keine Zeit, am Tag nach dem Abendspaziergang, wie vereinbart, das Gespräch mit Gräfin Friederike zu führen. Sie hatten jedoch beschlossen, daß er sofort nach seiner Rückkehr wieder im Schloßhotel erscheinen sollte.

»Dann«, sagte er beim Abschied und küßte Gräfin Friederike formvollendet die Hand, »sprechen wir über das wichtige Thema, das uns beiden so sehr am Herzen liegt. Über die Erfüllung meiner ganz großen Liebe. Ich habe ernste Absichten. Ich will heiraten.«

»Berthold, das ist aber ein rascher Entschluß«, äußerte Friederike erstaunt.

»Ich bin ein Mann der Tat und mag keine Zeit verlieren. Wir sehen uns bald. Überlege bis dahin, was du mir sagen willst.«

Berthold Mainlohe stieg in seine chromblitzende Luxuslimousine. Der Chauffeur schloß den Wagenschlag, setzte die Mütze auf, die er achtungsvoll abgenommen hatte, und klemmte sich hinters Steuer. Fast lautlos rollte der schwere Wagen davon.

Was für ein Mann, dachte die Gräfin, was für ein Flair, was für eine Weltläufigkeit, welch glänzende, stattliche Erscheinung. Ihr Herz klopfte schneller. Visionen stiegen in ihrer Fantasie auf.

Eine glänzende Hochzeit, oder auch eine stille, schließlich waren sie nicht mehr die Jüngsten. Sie sah es schon vor sich: Ein glanzvolles Leben in einem noblen gesellschaftlichen Rahmen. Opernbälle, die Bayreuther Festspiele, internationale Reisen, Empfänge und Feste. Vorsitzende von Gremien, die sich wohltätigen Zwecken in der Dritten Welt widmeten und nicht zu viel Arbeit bereiteten. Endlich, endlich würde Friederike von Falkensteyn das Leben führen können, das sie sich schon immer gewünscht hatte und zu dem sie sich berufen glaubte.

Für Bianca, dachte sie, dürfte es eine Enttäuschung sein, wenn sie nicht mehr im Mittelpunkt steht, sondern wenn ich, die Ältere, als Gattin von Berthold Graf Mainlohe von Falkensteyn den ersten Platz im Schloß einnehme. Damit hätte niemand mehr gerechnet.

An diesem Abend nach einem klassischen Konzert im Gesellschaftssaal des Schloßhotels faßte die Gräfin sich ein Herz und sprach mit ihrer Nichte. Sie hatten sich in die Bibliothek zurückgezogen, die samt Ahnengalerie erhalten geblieben war und die die Hotelgäste nur tagsüber betreten durften.

Dort oder im Arbeitszimmer des Grafen hatten jeweils die Familienräte getagt. Diesen Platz empfand Gräfin Friederike für das wichtige Gespräch als angemessen.

»Du machst es sehr spannend«, sagte Bianca.

Das schwarze Abendkleid ließ ihre Schultern frei, betonte das schöne Dekolleté und hob Biancas gertenschlanke Taille hervor. Die Komteß trug ein Kollier, einen Armreif und einen wertvollen Ring aus dem Familienschmuck. Die Schmuckstücke hatte die Bank als Pfand gehabt, als die Finanzlage so prekär gewesen war. Inzwischen waren sie ausgelöst worden.

»Also, was hast du auf dem Herzen?« fragte Bianca die Tante in der neuen Abendrobe.

Gräfin Friederike strahlte und wirkte um Jahre verjüngt.

»Denk dir ... Ich weiß nicht, wie ich anfangen und es dir sagen soll. Es ist ... Also ...«

»Erzähle es einfach so, wie es ist, Tante«, bat Bianca. »Ich nehme an, es handelt sich um deinen Verehrer?«

»Ja. Denk dir, er will mich heiraten. Neulich, ehe er abreiste, hat er es mir gesagt.«

»Heiraten? Abreiste? Er war also hier? Du überraschst mich, Tante. Spanne mich bitte nicht länger auf die Folter. Wer ist es?«

»Kannst du dir das denn nicht denken? Berthold Mainlohe natürlich.«

»Mainlohe?« Bianca verstand die Welt nicht mehr. Mainlohe warb doch um sie, dezenter, nachdem sie ihm in Colorado klare Grenzen gesetzt hatte, aber nach wie fort hartnäckig. »Bist du da sicher?«

»Aber ich bitte dich! Welche Frau wird wohl einen ernst gemeinten Heiratsantrag mißverstehen? Ich gebe zu, zunächst, als Berthold zu mir von seinen Gefühlen sprach, war ich auch überrascht. Ich hätte nicht damit gerechnet, daß er sich für mich interessiert, ja, sich glühend in mich verliebt. Doch warum eigentlich nicht? Bin ich denn schon so alt und so häßlich?«

»Nein, Tante, durchaus nicht. Du bist eine hübsche, attraktive Frau. In der letzten Zeit siehst du viel jünger aus.«

»Das bewirkt die Liebe.«

Bianca wollte ihrer Tante keinen Schmerz zufügen.

Die ältere Schwester ihres Vaters war ihr immer als eine Art geschlechtsloses Wesen erschienen, was Männer betraf. Sie hatte, seit Bianca sie kannte und denken konnte, niemals einen Liebhaber gehabt, keine Affäre, nichts. Das, dachte Bianca, hätte ich mitbekommen müssen. Sie war überzeugt gewesen, ihre Tante hätte nach einer herben Enttäuschung in ihrer Jugend Maienblüte der Liebe und den Männern für immer entsagt. Und jetzt erfolgte die überraschende Wendung.

Da stimmt etwas nicht, dachte Bianca sofort mißtrauisch. Sollte Mainlohe in seinem Streben, den Grafentitel zu erwerben, so weit gehen, daß er Tante Friederike deswegen heiraten will? Das hätte ich ihm nicht zugetraut.

»Was hältst du von dieser Verbindung?« forschte Gräfin Friederike ängstlich. »Ich bin drei Jahre älter als Berthold. Er ist kein Adeliger. Aber wir lieben uns, und ich finde, das ist das Entscheidende. Er ist so ein stattlicher Mann.«

»Sicher, natürlich. Ich gönne dir dieses Glück, Tante, wirklich von Herzen. Doch bist du dir sicher, daß es hier keine Täuschung gibt und was seine Motive für diese Ehe sind? Seid ihr euch näher gekommen? Habt ihr euch geküßt, vielleicht gar … Du weißt, was ich meine.«

»Bianca!« Die Gräfin errötete wie ein junges Mädchen. »Was denkst du von mir? Zu meiner Zeit und in meinen Kreisen gab es keinen vorehelichen Sex.«

Bianca hatte es anders gehört. Auch war sie sechs Monate nach der Heirat ihrer Eltern zur Welt gekommen. Sie schwieg aber dazu.

»Ein Kuß ist längst keine Bettgeschichte«, sagte Bianca.

»Geküßt, nun, er hat mir die Hand geküßt.«

»Mehr nicht?«

Bianca verkniff sich die Bemerkung: Das finde ich sehr bescheiden.

»Nein. Doch es durchrieselte mich wie ein elektrischer Schlag.« Ein elektrischer Schlag rieselte nicht, doch das sah Gräfin Friederike nicht so eng. »Bald werden wir uns in die Arme sinken. Doch darüber, Bianca, verstehst du, kann ich mit dir nicht sprechen. Da fehlt mir die nötige Freizügigkeit.«

»Es muß auch nicht sein«, murmelte die Komteß. »Nun, Tante, da kann ich dir nur gratulieren. Falls du das meinen solltest, es stört mich absolut nicht, daß du in der Rangfolge der Familie mit der Verheiratung vor mich rückst und Berthold ... Herr Mainlohe Graf Falkensteyn und mein Onkel wird. Doch ich möchte schon einmal unter vier Augen mit ihm über diese geplante Ehe sprechen.«

»Das sollst du, das kannst du. Du hast also nichts dagegen? Das war meine große Befürchtung. Ach Kind, ich bin ja so glücklich. Ich fühle mich wie ein Fliederbusch, der im Frost erstarrt war und den die Frühlingssonne geküßt hat, der ausschlägt und blüht.« Bianca lächelte ein wenig. Einer anderen

Frau hätte sie gesagt, daß es kitschig sei, was sie sprach. Doch sie verstand ihre Tante. Lange aufgestaute Gefühle brachen sich Bahn. Bianca zeigte Verständnis.

Sie hütete sich, sich skeptisch zu äußern, doch sie wollte auf jeden Fall dafür sorgen, daß Berthold Mainlohe wirklich redliche Absichten hatte und ihre Tante nicht enttäuschte. Was für ein Bursche, dachte sie, als sie sich von ihrer Tante verabschiedet hatte und zu Lores Zimmer im Ostflügel ging. Sie wollte die Angelegenheit mit ihrer Freundin besprechen.

Erst wirbt er um mich und erklärt mir, daß ich die ganz große Liebe seines Lebens sei. Er lädt mich in die USA ein und will mir teuren erlesenen Schmuck schenken. Dann will er meine Tante heiraten. Verstehe einer die Männer. Bianca wurde das Unbehagen nicht los, daß irgend etwas hier nicht in Ordnung sei. Es paßte einfach nicht zu Mainlohe, sich so zu verhalten, oder doch?

Die Klärung konnte erst erfolgen, wenn er wieder im Schloß erschien. Das war in etwa vierzehn Tagen. Lore Geiger fiel aus allen Wolken, als Bianca ihr die Neuigkeit mitteilte und sie um striktes Stillschweigen bat.

»Mainlohe will deine Tante heiraten? Das gibt es nicht, das ist völlig unmöglich! Friederike ist eine liebe und herzensgute Person. Aber der Zug mit Liebe und Ehe, der ist für sie abgefahren. Da ist sie um dreißig Jahre zu spät.«

»Lore, du bist meine beste Freundin. Ich bin Komteß Falkensteyn und habe Manieren und eine strikte Selbstbeherrschung. Aber das sage ich dir, wenn du dich in der Weise im Beisein meiner Tante äußerst, kratze ich dir die Augen aus.«

»Das würde ich dir sogar zutrauen.« Lore lag wieder bäuchlings auf dem Bett, von dem bei ihr üblichen Chaos umgeben, eine offene Pralinenschachtel auf dem Boden. »Nichts gegen deine Tante, aber ich kann mir das einfach nicht vorstellen. Auch für einen Grafentitel heiratet ein Mann wie Mainlohe sie nie und nimmer. Da müßte sie schon eine regierende Königin sein.«

»Hmhm!«

Bianca räusperte sich. Lore erhob sich elastisch und legte den Arm um sie.

»Lassen wir dieses Thema. Es geschehen ja wirklich noch Zeichen und Wunder. Obwohl ich das Tamburin fressen will, mit dem bei der Gymnastik der Takt geschlagen wird, wenn Mainlohe wirklich … Deine Tante hat sich da in eine verrückte Idee verrannt, fürchte ich. Wir müssen aufpassen, damit sie keinen seelischen Schaden erleidet. Wenn nur Mainlohe erreichbar wäre. Aber so sind sie, die Männer. Immer dann, wenn man sie ganz dringend braucht, sind sie nicht da.«

*

Vor Mainlohes Rückkehr hielt Fürst René von Kroningen oder derjenige, der sich für ihn ausgab, seinen Einzug im Schloßhotel Falkensteyn. Der jugendliche Fürst fuhr selbst mit einem PS-starken Sportwagen vor. Als einziges Gepäck hatte er eine

Reisetasche und eine Tasche mit Tennisschlägern. Er kam sportlich gekleidet daher, braun gebrannt, groß und schlank, kurzum, ein Bild von einem Mann. Zwei Pagen nahmen ihm die Taschen ab. Ein Portier übernahm seine Autoschlüssel.

Komteß Bianca und Lore Geiger beobachteten den Hochstapler-Fürst, wie sie ihn nannten, durch ein Fenster im ersten Stock des Haupttrakts. November war es, ein grauer, nebliger Tag, trostlos wie die Zukunftsaussichten eines blind gewordenen Boxers.

»Das ist wirklich ein starkes Stück«, tuschelte Bianca. »Ein wenig mehr Mühe könnte er sich schon geben, wenn er uns täuschen will. Kommt ohne Gepäck und Chauffeur im Leihwagen daher. Was soll denn das hermachen? Und so einer mietet die Fürstensuite. – Lore, wir greifen ihn uns.«

Stefan Geiger war eingeweiht. Übers Handy gab Bianca ihm durch, er solle schon mal die Kantonspolizei anrufen. Die beiden Freundinnen eilten den Korridor entlang und die Treppe hinunter. Der sogenannte Fürst Kroningen trug sich gerade ins Gästebuch ein. Jetzt haben wir ihn, dachte Bianca. Zumindest wegen Urkundenfälschung und unberechtigter Titelführung ist er dran.

»Fürst Kroningen«, sagte sie süffisant.

Der hoch gewachsene Mann drehte sich um. Stahlblaue Augen mit lustigen Lachfältchen in den Augenwinkeln strahlten sie an.

»Der bin ich. Mit wem habe ich das Vergnügen?«

»Bianca von Falkensteyn. Ich bin die Schloßherrin. Lore Geiger vom Hotelmanagement. Würden

Sie uns bitte ins Büro des Direktors begleiten, Durchlaucht?«

»Gern. Es ist mir ein Vergnügen.«

Der hoch gewachsene junge Mann bewunderte Biancas Gang, ihre aparte Figur und die grünen Augen. Bianca trug mittlerweile die Haare stufig geschnitten zu einer modernen Frisur. Smaragdohrringe zierten ihre hübschen kleinen Ohren. Das Wiegen ihrer Hüften und die schlanken, wohl geformten Beine bezauberten selbst eine Statue noch. Das Modellkleid war dezent, aber teuer, und unterstrich auf raffinierte Weise Biancas Typ.

Schon ihr Name klang wie Musik. In den Ohren eines Hochstaplers sollte es allerdings ein arger Marsch werden. Im hinteren Teil des Haupttrakts öffnete Lore für den sogenannten Fürsten die schalldichte Tür des Direktionsoffices. Stefan Geiger stand unheilverkündend vor seinem Schreibtisch. Der Hausknecht und Pferdepfleger zeigte seine kräftige Figur in der Tür zum Nebenzimmer und verschwand wieder.

Sollte es ernst werden, würde der bärenstarke Hausknecht den Hochstapler gleich am Kragen pakken. Ein Ruf genügte, um ihn herbeizuholen.

»Setzen Sie sich«, forderte Stefan Geiger den Besucher in schroffem Ton auf.

Der Mann gehorchte. Fragend schaute er das Trio an, das sich wie die Inquisitoren vor ihm aufbaute. Dann schlug er leger die Beine übereinander und zündete sich eine Zigarette an. Bianca bewunderte seine Frechheit und seine Nerven.

»Wollen Sie nicht wissen, was das zu bedeuten hat?« fragte sie.

»Wozu? Das werden Sie mir ohnehin gleich verraten. Aber lassen Sie sich ruhig Zeit. Ich sitze gemütlich hier.«

Er rauchte seelenruhig und lächelte noch überlegen.

Bianca fragte: »Wer sind Sie?«

»Das wissen Sie doch. Fürst René von Kroningen.«

»Genau der sind Sie nicht. Sondern ein übler Hochstapler und Betrüger. Versuchen Sie ja nicht, zu leugnen oder uns zu entwischen. Das würde Ihnen schlecht bekommen. Die Kantonspolizei ist schon unterwegs, um Sie zu verhaften. Hier sind Sie an die Falschen geraten.«

Statt zusammenzuzucken, schaute der gut aussehende elegante Mann nur einen Moment verblüfft drein. Dann lachte er schallend.

»Komteß«, sagte er. »Sie sehen reizend aus, wenn Sie zornig sind. Sie sollten sich öfter aufregen. – Aber wer, in aller Welt, hat Ihnen nur diesen Unsinn über mich erzählt? Ich könnte alles Mögliche sein, aber Hochstapler und Betrüger ist nur sehr schlecht möglich. Wenn man schon der Fürst Kroningen ist, womit soll man denn da noch hochstapeln? Da müßte ich schon als Kaiser auftreten wollen.«

Er macht sich über mich lustig, dachte Bianca. Eine Frechheit ist das. Der Kerl hat Nerven wie Drahtseile. Aber das soll ihm vergehen.

»Sie behaupten also, wirklich Fürst Kroningen zu sein?« fragte sie.

Der Mann stand auf und verbeugte sich knapp.

»Natürlich.«

»So, dann werfen wir einmal einen Blick in den Adelsalmanach.« Bianca nahm ihn vom Schreibtisch und blätterte. »Da steht es: Fürst Kroningen. Da ist auch das Geburtsdatum. Demnach wären Sie dreiundachtzig Jahre alt. Sie sehen, wir haben uns informiert. Uns können Sie keinen Sand in die Augen streuen.«

Der Besucher behielt völlig die Ruhe.

»Geben Sie mir einmal das gute Stück«, sagte er und nahm Bianca den Almanach aus der Hand. Er schaute vorn auf eine der ersten Seiten. »Aha, das ist die vorletzte Ausgabe. Und was haben wir da? Fürst Rainer von Kroningen. Das ist mein Großpapa, Gott habe ihn selig. Er ist letztes Jahr im Alter von zweiundachtzig Jahren in unserem Stammschloß verstorben. Ich habe den Titel von ihm geerbt, mein Vater ist nämlich schon lange tot. Mein Name ist übrigens René, nicht Rainer von Kroningen.«

»Wie? Was? Ja, sollten wir uns denn derart getäuscht haben?«

Bianca sah nach. Tatsächlich, da stand schwarz auf weiß: Rainer von Kroningen. Das kleine Foto zeigte einen würdigen alten Herrn. Bianca hatte in ihrer gerechten Empörung und Sorge, einem Hochstapler aufzusitzen, nicht auf die unterschiedlichen Vornamen geachtet.

»Das ist doch nicht möglich«, sagte sie schwer erschüttert und schilderte Fürst Kroningen das Fahndungsschreiben der Kantonspolizei und wie ihr Verdacht gegen ihn entstanden war.

»Ich reise vorzugsweise mit leichtem Gepäck«, sagte der junge Fürst. »Was ich brauche, kann ich mir unterwegs kaufen. Ich fahre auch gern selbst meine Sportwagen. Wenn ich mal tattrig und alt bin, kann mich ein Chauffeur befördern. Doch halt, vielleicht sind Sie noch nicht ganz überzeugt.«

René von Kroningen fing an, sein Hemd aufzuknöpfen.

»Was haben Sie vor?« fragte Bianca irritiert.

»Sie können sich gern überzeugen, daß ich keine Tätowierung unter der Achsel habe. Oder bevorzugen Sie dafür einen intimeren Rahmen?«

»Also ...«

Erstmalig seit vielen Jahren blieb Bianca die Sprache weg. In René von Kroningen hatte die sonst immer schlagfertige und unerschütterliche Komteß ihren Meister gefunden. Während Lore und Stefan Geiger noch immer stumm blieben, gab Bianca sich einen Ruck.

»Fürst Kroningen«, sagte sie, »ich entschuldige mich hiermit in aller Form für den ungeheuerlichen Verdacht Ihnen gegenüber. Es ist uns ein schlimmer Fehler unterlaufen. Sie werden jetzt sicher woanders absteigen wollen.«

»Warum denn?« fragte der Fürst seelenruhig. »Ihr Haus ist mir wärmstens empfohlen worden, Komteß Falkensteyn. Besonders die energische, tüchtige und charmante Schloßherrin wurde lobend erwähnt. Ich konnte mich überzeugen, daß der Bericht nicht trog.«

Bildete Bianca sich das nur ein, oder zwinkerte er ein wenig? »Selbstverständlich bleibe ich unter Ihrem Dach. Es sei denn, Sie werfen mich vor lauter

Enttäuschung hinaus, daß ich nun doch nicht der gesuchte Hochstapler bin?«

»Durchlaucht machen sich über uns lustig«, stammelte Bianca.

»Das würde ich mir nie erlauben«, erwiderte René von Kroningen. »Darf ich jetzt meine Suite aufsuchen, oder haben Sie noch weitere Fragen? Über mögliche Körpertätowierungen vielleicht?«

»Durchlaucht, wir bitten Sie tausendmal um Entschuldigung.« Endlich mischte Stefan Geiger sich ein, damit Bianca nicht immer allein zu reden brauchte. »Wir müssen uns etwas einfallen lassen, um Sie für den unangenehmen Empfang zu entschädigen. Bitte behalten Sie das für sich.«

»Ich fand den Empfang äußerst amüsant«, erwiderte der Fürst gelassen. »Schade, daß ich Sie enttäuschen mußte. Grüßen Sie bitteschön die Kantonspolizei von mir. Jetzt entschuldigen Sie mich. Komteß, Frau Geiger, Herr Geiger, ich habe die Ehre. Einen schönen Tag wünsche ich noch.«

Damit stolzierte René von Kroningen hinaus, einen schwachen Duft herben Herrenparfüms und drei betroffene Gesichter hinter sich lassend.

Als er sich entfernt hatte, sagte die Komteß: »Da haben wir uns bis auf die Knochen blamiert. Wenn sich das herumspricht, wird man in Adelskreisen und in der Hotelbranche fürchterlich über uns lachen. Stellt euch das vor: Wir wollten Fürst Kroningen als Hochstapler verhaften lassen. Noch dümmer kann man sich kaum anstellen. Daran bin ich schuld, ich war übereifrig. Den Namensunterschied im Adelsalmanach hätte ich bemerken und mich näher erkundigen müssen. Was für eine Blamage.«

Lore faßte sich als erste. Selbst ihr sonst immer so selbstsicherer Bruder war am Boden zerstört.

»Wir werden es überleben«, sagte sie. »Fürst Kroningen auch. Fehler sind dazu da, begangen zu werden, damit man aus ihnen lernen kann. Gräme dich nicht, Bianca. Es gibt Schlimmeres auf der Welt. Manche Frauen merken erst nach dreißig Jahren, daß sie den falschen Mann geheiratet haben.«

»Da sehe ich keinen Vergleich.«

Lore fuhr fort: »Ich glaube, Fürst Kroningen wird schweigen. Du hast ihm gefallen, sogar sehr. Ich las es in seinen Augen.«

»Ach, er ist der begehrteste Junggeselle Europas, so wie er ausschaut und mit dem Besitz und dem Titel. Ich bin nur eine unbedeutende kleine Komteß, die er zudem noch für dumm hält, so wie ich mich heute benahm. Das kannst du vergessen, Lore.«

»Das glaube ich nicht. Wie steht es bei dir, Bianca? Was hältst du von Fürst Kroningen? Nach dem, was du gerade gesagt hast, bist du beeindruckt von ihm.«

»Er scheint«, antwortete Bianca vorsichtig, »eine Persönlichkeit zu sein.«

Die Geschwister Geiger warfen sich einen Blick zu. Bianca will uns nicht einweihen, besagte er. Lassen wir sie erst einmal in Ruhe.

Kurz darauf traf die Kantonspolizei ein. Stefan Geiger bot den zwei Polizisten einen Enzian an, den sie dankend annahmen. Zwar mußte der eine Beamte fahren, doch den Enzian, wie er sagte, störe das nicht. Einen konnte er sich erlauben. Unverrichteter Dinge fuhr die Kantonspolizei wieder ab.

Fürst René hatte die Suite bezogen. Er schaute zunächst aus dem Fenster und genoß die schöne Aussicht. Lange vermochte sie ihn nicht zu fesseln. Der Fürst ging umher, in Gedanken versunken. Er fuhr sich öfter mit der Hand über die Stirn, als ob er etwas wegwischen wollte. Dann setzte er sich in den schweren Ledersessel, stützte das Kinn in die Hand und schaute melancholisch gegen die Wand.

Er dachte an eine Frau, die ihn bitter enttäuscht hatte. Ihretwegen war er aus Norddeutschland geflohen, hatte seine Geschäfte im Stich gelassen, um die sich freilich andere kümmerten. Er wollte ihr nicht begegnen und nicht an sie erinnert werden. Deshalb war er nach Tirol gefahren und hatte sich im Schloßhotel Falkensteyn einquartiert, um auf andere Gedanken zu kommen.

Doch er hatte die Erinnerung mitgenommen – und den Schmerz. Der Fürst, dem die Frauen zu Füßen lagen, litt an den Qualen enttäuschter Liebe. Flüchtig dachte er an die Komteß Falkensteyn. Er verübelte ihr den seltsamen Empfang nicht, sondern er fand ihn tatsächlich lustig. Nachtragend oder dünkelhaft war er nicht.

Er dachte an Biancas grüne Augen, das aparte Gesicht. Doch ein anderes Gesicht schob sich dazwischen: Helgas, der Reederstochter aus Hamburg. Blond war sie, kühl und unnahbar schien sie zu sein. Doch unter dem oberflächlichen Eis verbarg sich ein wahrer Vulkan an Sinnlichkeit und Leidenschaft. Fürst Kroningen hatte sie heiraten wollen, obwohl sie eine Bürgerliche war.

Dann hatte sie ihn mit seinem besten Freund betrogen, nur so, weil sie den Mann haben wollte, um sich ihre Anziehungskraft zu beweisen. Der Freund war Rennfahrer und Regattensieger, wie René von Kroningen auch. Die Freundschaft war natürlich ebenfalls in die Brüche gegangen. In früheren Zeiten, dachte René von Kroningen, hätte ich ihn zum Duell fordern müssen.

Gott sei Dank blieb das einem heute erspart. Denn Helga ist es nicht wert, ihretwegen auch nur einen Tropfen Blut oder eine Träne zu vergießen. Trotzdem hatte der stolze Fürst geweint, als er die Wahrheit erfuhr, als sein Lebensplan, Helga Merten zu heiraten, scheiterte. Er hatte sie wirklich geliebt.

Jetzt zweifelte er an sich selbst. Wie hatte er sich in seiner Verlobten und in seinem besten Freund derart täuschen können? Wenn man sich nicht einmal bei den Menschen sicher sein konnte, die einem am nächsten standen, bei wem konnte man das dann überhaupt sein? Treulosigkeit, Niedertracht und Schamlosigkeit hatten eine Allianz geschlossen, mit Betrug und Lüge zusammen, die Fürst René entsetzte.

Es ist eine schmutzige, niederträchtige Welt, dachte er. Man kann niemandem trauen, schon gar keiner Frau. Ausnutzen muß man sie, Gefühle sind nur im Weg, die Liebe, das ist ein Märchen für naive Naturen. Skrupellos muß man sein. Tief in seinem Inneren wußte er, daß er das niemals fertig bringen würde, genauso wenig wie er alle Frauen dafür hassen durfte, daß ihn eine gedemütigt und betrogen hatte.

Doch er würde eine Weile brauchen, um über Helgas Verrat hinwegzukommen, falls er das überhaupt jemals schaffte. Wieder dachte er an Bianca von Falkensteyn. Sie ist auch nicht besser, dachte er. Am besten, ich gehe den Frauen überhaupt für eine Weile aus dem Weg, besteige Berge, spiele Tennis und übe mich im Drachenfliegen. Falls ich mir dabei den Hals breche, erbt mein jüngerer Bruder den Fürstentitel. Dann habe ich alles hinter mir.

René von Kroningen war tiefer verletzt und getroffen, als er selber wußte. Auch wenn die Wunde in seinem Herzen verheilte, die Narbe blieb ihm erhalten.

*

Gräfin Friederike erlitt fast einen Herzanfall, als sie hörte, daß ihre Nichte Fürst René von Kroningen für einen Hochstapler gehalten hatte.

»Ausgerechnet einen Kroningen, ein Mitglied eines der ältesten, angesehensten und reichsten Adelsgeschlechter Europas. Man muß ihn entschädigen, die Scharte müssen wir auswetzen. Biete ihm an, daß er umsonst bei uns wohnen kann.«

»Das tue ich ganz gewiß nicht, Tante. Bedenke einmal, was die Fürstensuite kostet.«

»Aber der Schaden, der unserem Ruf zugefügt wird, wenn sich das herumspricht, was ist damit?«

»Das Risiko müssen wir eingehen.« Bianca diskutierte nicht weiter mit ihrer Tante.

Sie begegnete René von Kroningen beim Abenddinner. Obwohl an einem Einzeltisch für ihn gedeckt worden war, nahm er an der Tafel Platz, die Bianca mit einigen erlesenen Gästen teilte. Das geschah formvollendet, er stellte sich vor. Man war begeistert, ihn als Tischherrn begrüßen zu dürfen. Bianca konnte ihn schlecht wegschicken, obwohl sie es gern getan hätte.

Er brachte sie nämlich in Verlegenheit.

»Komteß Bianca hat mich persönlich bei meiner Ankunft in Empfang genommen«, erzählte er. »Wir hatten eine äußerst interessante Unterredung.«

»Worüber denn, wenn ich fragen darf?« fragte der am Tisch anwesende Baron Leidersdorff, der zum Vorstand einer Großbank gehörte.

»Es handelte sich um ein etwas ausgefallenes Thema, eine Verwechslung gewissermaßen. An meiner Stelle war jemand anderes erwartet worden. Doch jetzt ist alles in Ordnung.«

Bianca atmete auf. Fürst René war taktvoll, wie sie es von ihm erwartet hatte. Bianca ertappte sich dabei, daß sie ihn beim Dinner aus den Augenwinkeln beobachtete. Er hatte schöne, gepflegte Hände, wie sie Aristokraten oder Pianisten auszeichneten. Sein Gesicht war edel und schmal. Das volle dunkelbraune Haar trug er halblang. René von Kroningen war schlank, sportlich und kultiviert. Er sprach mehrere Sprachen und hatte eine erstklassige Ausbildung in Harvard erhalten, in den Wirtschaftswissenschaften.

Bei Tisch plauderte er über Mozart und Wagner und bewies, daß er eine Menge von der klassischen Musik verstand.

»Ich habe allerdings auch schon Rockkonzerte besucht«, sagte er. »Wenn mir danach ist, tanze ich mit meiner Clique in der Disco die Nächte durch. Es ist amüsant.«

»Sich unters Volk zu mischen?« fragte Bianca, die es nicht lassen konnte, ihn in Verlegenheit bringen zu wollen, obwohl das gefährlich sein konnte.

»Die Zeiten der Feudalherrschaft sind vorbei«, erwiderte Fürst René gelassen. »Die Schranken der Standesunterschiede sind gefallen. Das sehen Sie am besten an sich und Ihrem Hotelbetrieb.«

Bianca ärgerte sich. Jetzt hatte er wieder einen Punkt gewonnen. Fürst René war geistig wendig und verstand zu parieren, ohne dabei grob oder verletzend zu sein. Das war eine Kunst. Bianca trug ein nachtblaues Abendkleid und aparte Saphirohrringe aus dem Familienschmuck. Nach dem Essen lud Fürst René sie zu einem Glas Wein in die Ritterstube ein. Dankend lehnte sie ab.

»Ich muß morgen früh aufstehen. Wir haben die Abrechnung. Es gibt viel zu tun. Ein anderes Mal gern.«

René von Kroningen preßte für einen Moment die Lippen zusammen. Dann stand er auf und verabschiedete sich höflich. Bald suchte er seine Suite auf, wo er in mehreren Zimmern, auf 120 Quadratmetern von Luxus umgeben, allein war. Es dauerte lange, bis er einschlief in dieser Nacht.

Auch einem Fürsten blieben Kummer und Sorgen nicht erspart. Auch er wurde verletzt in dieser Welt, enttäuscht, und er litt. Seine untreue Verlobte ging ihm nicht aus dem Sinn. Ich muß darüber hinwegkommen, befahl er sich. Ich muß – und ich will. Doch so leicht war das nicht.

Bianca lag ebenfalls noch eine Weile wach, obwohl sie tatsächlich früh aufstehen mußte. Warum habe ich nicht ein Glas Wein mit ihm getrunken und geplaudert, fragte sie sich? Er muß mich für eine dumme Pute halten. Für ein schönes Dummchen, womöglich noch eine Marionette von Mainlohe, wenn er ihn kennenlernt.

Das störte Bianca sehr. Der traurige Blick des Fürsten, den sie mit viel Feingefühl bemerkt hatte, ging ihr nicht aus dem Sinn. Obwohl er sich locker und überlegen gegeben hatte, spürte Bianca, daß er einen geheimen Kummer hatte. Diese verborgene Melancholie machte Fürst Kroningen für die Komteß noch interessanter.

Obwohl sie es noch nicht wußte und es sich andernfalls nicht eingestanden hätte, sie hatte sich in René von Kroningen verliebt. In der Nacht träumte sie von ihm, daß seine feinfühligen Hände ihren Körper streichelten. Schauer durchrannen sie, es war ein herrlicher Traum. Doch Träume hatten in der Realität meistens keinen Bestand.

*

Fürst Kroningen suchte Biancas Nähe. Er lud sie zu einem Tennismatch ein, das er gewann. Als sie am dritten Tag nach seiner Ankunft ausritt, tauchte er plötzlich hoch zu Roß auf und trabte an ihrer Seite. Sie ritten durch die Berge. René plauderte charmant. Bianca gab sich freundlich, doch obwohl ihr das Herz bis zum Hals schlug in seiner Nähe, blieb sie zurückhaltend. René sollte nicht merken, wie sehr er sie beeindruckte.

Sonst, dachte Bianca, wird es eine kurze Liebesaffäre, er verliert schnell das Interesse, und in ein paar Wochen oder schon eher ist alles vorbei. Am Abend brachte er es sogar fertig, in ihrer Schlankheits- und Diätberatungsstunde zu erscheinen, die sie zweimal die Woche gab. Außer ihm waren neun Frauen und ein korpulenter Fabrikant da, den seine Gattin geschickt hatte. Er sollte abnehmen, wollte aber nicht.

»Was stört es mich, wie ich aussehe«, murrte er. »Wem ich nicht gefalle, der soll in eine andere Richtung schauen.«

»Aber Ihrer Gattin wollen Sie doch gefallen, Herr Wegner«, ermahnte Bianca ihn freundlich in dem kleinen Versammlungsraum.

»Was kann ich dazu, daß ich in zwanzig Jahren sechzig Pfund schwerer geworden bin und mir die Haare ausgingen? Denkt Ilse vielleicht, ich würde immer der Adonis aus meiner Jugendzeit bleiben? Warum läßt sie mich nicht in Ruhe? Wir sind gesund, haben keine finanziellen Sorgen, unsere Kinder sind wohlgeraten. Trotzdem nörgelt sie ständig an meinem Äußeren herum. Muß ich denn unbedingt wie ein Filmstar aussehen?«

Viele Menschen waren so veranlagt, daß sie immer etwas auszusetzen fanden. Wer keine Sorgen hatte, der machte sich welche. Bianca beschloß, in Ruhe mit der Fabrikantengattin zu sprechen. Ihr Mann liebte sie sehr, sonst hätte er ihre ständige

Kritik nicht ausgehalten. Die Diätberatung besuchte er ihr zuliebe, damit er seine Ruhe hatte. Es gab wahrhaftig Schlimmeres als einen Ehegatten, der gerne reichlich und gut aß.

Fürst René brachte Bianca mit Fragen zur Trennkost in Verlegenheit. Sie wußte nicht, daß er sich extra aus der Schloßbibliothek Bücher entliehen und Fragen notiert hatte. Der superschlanke Fürst brauchte wahrhaftig keine Schlankheitsberatung. Das sagte ihm Bianca nach der Stunde, als sie die Damenriege los geworden war, die sie danach noch eine Weile mit Beschlag belegt hatte.

»Vorsorgen ist besser als sich hinterher kasteien und hungern«, sagte Fürst René. »Außerdem sollte sich jeder über gesunde Ernährung Gedanken machen. Der Körper dankt es. – Was erwähnten sie vorhin? Ein trockener Weißwein hin und wieder wäre gut für den Stoffwechsel und die Psyche? Wollen wir einen solchen genießen? Würden Sie mir die Freude machen, mir bei einem Glas Wein Gesellschaft zu leisten?«

»Heute geht es leider nicht, Durchlaucht. Die Buchführung ist noch nicht fertig. Da muß ich selbst mitarbeiten und mich hineinfinden, auch wenn der Umgang mit Zahlen mir unangenehm ist.«

»Nanu, Sie sind ja richtig fleißig und ehrgeizig. Nennen Sie mich bitte nicht Durchlaucht, Komteß.«

»Wie sonst? René kann ich nicht sagen. Fürst René hört sich an, als würde ich einen regierenden Souverän offiziell ansprechen. Also bleiben wir bei Durchlaucht. Jetzt entschuldigen Sie mich, bitte. Ich muß ins Büro. Sie ahnen nicht, wieviel Arbeit so ein Hotel macht. Ich wünsche noch einen schönen Abend.«

Fürst René fand sich allein gelassen. Bei allem Schmerz um die untreue Verlobte und seiner Melancholie verletzte es seine männliche Eitelkeit. Er war es gewöhnt, daß ihn die Frauen umschwärmten. Ein Wink mit dem Finger, schon schwirrten sie an und waren begeistert, ihm Gesellschaft leisten zu dürfen. Nur Komteß Bianca hatte scheinbar daran kein Interesse. Die Buchhaltung, für die todsicher eine Buchhaltungskraft da war, war ihr wichtiger.

Trotz und so etwas wie Sportsgeist, die spröde Schöne zu erobern, erwachten in Fürst René. Sie ging ihm betont aus dem Weg, wies ihn zurück, ließ ihn zappeln. Das verdroß René von Kroningen sehr. Ich muß mir etwas einfallen lassen, um sie zu erobern, dachte der Fürst.

Die Hände auf dem Rücken, schlenderte er über die Schloßterrasse und ersann einen Plan. Einen Augenblick lang überlegte er, bei Bianca Eindruck zu schinden, indem er zum Beispiel mit dem Flugdrachen elegant über das Schloßhotel segelte und auf der Terrasse landete.

Der hoch gewachsene, dunkelhaarige Fürst war ein ausgezeichneter Drachenflieger. Doch das wäre ihm allzu plump erschienen, halbstark geradezu. Es lag unter seinem Niveau. So würde Bianca es auch empfinden.

Er traute ihr eine süffisante Bemerkung, in der Art von: »Die Fürsten fliegen heute wieder tief«, zu.

Nein, er mußte subtiler vorgehen. Seine sportlichen Qualitäten konnte er später als Skifahrer beweisen. Die Saison fing bald an. Außerdem wollte er es Bianca heimzahlen, daß sie ihn derart mißachtete, und sie auf eine liebenswürdige Weise necken.

Von dem Tag an entwickelte sich René von Kroningen für Bianca zu einer wenn auch charmanten Plage. Schon beim nächsten Mittagessen im Speisesaal wendete er sich an die Kellnerin.

»Mein Glas ist schadhaft«, behauptete er leise, so daß es andere nicht hören konnten.

Tatsächlich, es hatte am Rand eine abgesprungene Stelle. Die Kellnerin, ein dralles Mädchen im Dirndl, entschuldigte sich und brachte ein anderes. Beim Dinner am Abend wandte sich Fürst René an Komteß Bianca. Formvollendet trat er an ihren Tisch, sie speiste mit einem anderen Gast, und bat sie an seinen Tisch. Bianca, im schulterfreien weißen Abendkleid eine Augenweide, hob sachte die Brauen.

Bianca verspürte den höchst undamenhaften Wunsch, René von Kroningen eine Ohrfeige zu geben. Er ist so etwas von unverschämt, dachte sie, derart frech. Er hatte es geradezu darauf angelegt, sie zur Weißglut zu treiben.

Der Etagenchef, er war vom früheren Schloßbediensteten dazu avanciert, folgte der Komteß und Fürst René ins fürstliche Schlafgemach. René schlug die Bettdecke zurück und deutete auf das Laken.

»Sehen Sie, da.« Da war ein Brandfleck von einer Zigarette. »Ich bin zufällig Nichtraucher. Von mir kann das nicht sein.«

»Wie ist denn das möglich?« Bianca konnte es nicht verstehen. »Die Bettwäsche wird bei uns gründlichst gereinigt und kontrolliert.« Sie wandte sich an den Maître de rang: »Ich erwarte eine Erklärung von Ihnen.«

Der Etagenchef hatte den gesamten Hausdienst zu überwachen, die Zimmermädchen, den Service. Es war eine verantwortungsvolle Position. Vergeblich suchte der Maître de rang nach einer Erklärung.

»Selbstverständlich wird Ihr Bett sofort frisch bezogen, Durchlaucht«, stammelte er.

»Ich bitte darum«, antwortete Fürst René so kühl und arrogant, wie nur alter Adel es konnte. »Komteß Bianca, mir scheint, Sie und Ihr Personal sind mit dem Hotelbetrieb etwas überfordert. Ein ausgebuchtes Haus mit hundertfünfunddreißig Zimmern und mehreren Suiten, ständig über zweihundertfünfzig Gäste, dazu das umfangreiche Programm, das geht wohl über Ihre Kräfte. Heute hatte ich wieder ein schadhaftes Glas. Über den Teller mit dem gesprungenen Rand vorgestern und Mängel bei den Bestecken habe ich nichts gesagt. Die angebrannte Forelle, jetzt das. Vielleicht sollten Sie Fachleute einstellen, Komteß.«

»Wir haben Fachleute, Durchlaucht. Es soll nicht wieder vorkommen. Der Hoteldirektor wird sich morgen ebenfalls persönlich bei Ihnen entschuldigen. – Friedrich, Sie können gehen.«

Der Maître de rang war froh, die Suite verlassen zu können. Noch ehe das Zimmermädchen erschien, um das Bett frisch zu beziehen, lud Fürst René Komteß Bianca zu einem Glas Champagner zur Versöhnung ein.

»Dafür, daß ich Ihnen mit meinen Beschwerden zusetze.«

»Danke, ich trinke nicht. Wegen des Magens, verstehen Sie?«

Eine andere Ausrede fiel Bianca auf die Schnelle nicht ein. René lächelte.

»So jung, und schon eine Gastritis?« fragte er. »Versuchen Sie es mit Natron gegen das Sodbrennen. Das weiß ich von meiner Großtante. Bei ihr rührte das Leiden daher, daß sie heimlich Spirituosen konsumierte.«

»Ich weiß schon, was ich nehmen muß.« Bianca zerplatzte fast. Ihre grünen Augen funkelten wie die einer Pantherkatze. »Bei mir kommt es nicht von den Spirituosen.«

»Aber, das wollte ich damit nicht sagen. Ich sprach ja von meiner Großtante.«

Das Zimmermädchen in weißem Häubchen und Schürze erschien mit dem Bettzeug. Bianca verabschiedete sich. Sie behielt die Fassung bis sie die Suite verlassen hatte. Dann konnte sie nicht mehr anders. Sie schlug kräftig mit der flachen Hand gegen das Visier von der Ritterrüstung, die als Dekorationsstück an der Wand stand. Dabei wünschte sie sich, statt dem Stellvertreter, René von Kroningen die Ohrfeige versetzen können.

»Au!«

Der Aufschrei kam nicht von der Rüstung, sondern von der Komteß. In ihrem Zorn hatte sie allzu hart zugeschlagen. Der Eisenhelm war härter als ihre Hand. Bianca rieb sich die Hand und bog mit schmerzverzerrtem Gesicht um die Ecke. Auch das, dachte sie, während sie ihre Hand mit der anderen hielt, habe ich René von Kroningen zu verdanken. Erst zur Zeit vom Alten Fritz, auf dem Schlachtfeld, wurde der Vorfahr des Kroningen zum Fürsten ernannt. Ein krasser Fehlgriff von Friedrich dem Großen. Leider ließ es sich nicht mehr ändern.

*

»Ich werfe ihn aus dem Schloß! Ich vergifte ihn, ich kratze ihm seine Augen aus! Ich vergesse, wenn er sich noch einmal eine solche Frechheit erlaubt, daß ich eine Komteß und eine Dame bin. Tante Friederike hatte doch recht, als sie mich warnte, Falkensteyn in ein Schloßhotel zu verwandeln. Allerdings wußte sie nicht, daß die größten Probleme durch einen Fürsten auftreten würden. René von Kroningen ist schlimmer als zehn Proleten.«

»Was hat er denn getan?« fragte Lore Geiger, in deren Zimmer Bianca gestürmt war. Lore hatte bereits geschlafen. Jetzt setzte sie sich auf und gähnte gewaltig. »Du bist ja ganz außer dir. Wollte er dich verführen?«

»Damit wäre ich fertig geworden, ohne einen Wutanfall zu erleiden. Dieser Mensch ist so etwas von penetrant, unverschämt, arrogant, unausstehlich, beleidigend, impertinent, abscheulich, widerwärtig ...«

»... ekelhaft, biestig, gemein«, ergänzte Lore, als Bianca nichts mehr einfiel und sie verstummte. »Aber beruhige dich jetzt, was hat er dir denn getan?«

»Er macht sich über mich lustig und verunglimpft unseren Hotelbetrieb.« Bianca zählte die Pannen auf, die Fürst René bemängelt hatte. »Er hat dieses Haus unter einem Unstern betreten«, empörte sie sich. »Von Anfang an hat es mit ihm Ärger gegeben. Fast wünschte ich, der Hochstapler, für den wir ihn zunächst hielten, wäre an seiner Stelle gekommen. Mit ihm hätten wir leichter fertig werden können. Ich ahne Schlimmes. Er wird noch mit weiteren Klagen kommen.«

»Das«, sagte Lore, »könnte schon sein. Es ist wie bei einer Serie. Wenn man sie hat, hat man sie.«

»Er hat mich unterschwellig sogar beschuldigt, eine Trinkerin zu sein«, empörte Bianca sich wieder. »Wenn du mir einen plausiblen und unverfänglichen Grund nennen kannst, wie wir ihn los werden, erhältst du Gehaltserhöhung.«

Die Freundin schenkte Bianca einen Fruchtsaft ein.

»Er liebt dich«, sagte sie mit sicherem Instinkt. »Deshalb neckt er dich. Er spielt mit dir.«

»Auf diese Weise«, sagte Bianca überzeugt, »wird er mich nie gewinnen. – Lore, kannst du mir Arsen besorgen? Oder besser ein anderes Gift, das sich nicht nachweisen läßt?«

Die Freundinnen schauten sich an. Dann lachten beide. Bianca beruhigte sich. Sie beschloß, René von Kroningen eine Schulter zu zeigen, die kälter war als das Eis auf der Zugspitze. Er sollte sie kennenlernen.

»Frustriert wird er wegziehen«, versprach sie Lore. »Kein Wort mehr als ich muß, rede ich mit ihm. Ich sehe durch ihn hindurch wie durch Luft, schlechte Luft, wohlgemerkt. Ich strafe ihn mit Verachtung.«

»Bianca, mein Schatz, ich gehe mit dir jede Wette ein. Innerhalb von nicht einmal einer Woche liegst du in seinen Armen. Es dauert keine acht Tage, bis er dich küßt. Ich kenne dich. Nach dem Geplänkel zwischen euch folgt die große Romanze, die Seligkeit.«

»Du bist wahnsinnig! Also, das ist ja ...« Bianca schüttelte heftig den hübschen Kopf. »Niemals. Und wenn René von Kroningen der letzte Mann auf der Welt wäre, würde ich ihn nicht in die Wahl ziehen. Hast du nicht gehört, was ich gerade gesagt habe?«

»Doch habe ich das. Deshalb bin ich ja der Überzeugung. Gehst du die Wette ein? Um ein Pariser Modellkleid, so wie dein allerbestes Stück, das mit den schmalen Trägern. Wenn du gewinnst, arbeite ich zwei Wochen für umsonst.«

»Abgemacht.«

Lore streckte die Hand hin, Bianca schlug ein.

»Die Wette verlierst du«, sagte die Komteß überzeugt. »Statt Kroningen würde ich eher noch Mainlohe nehmen. Er mäkelt wenigstens nicht über angebrannte Forellen. Ich sag' dir, der Koch kann sich auf etwas gefaßt machen.«

Am nächsten Morgen beteuerte der Chefkoch seine Unschuld in kulinarischer Hinsicht und schwor heilige Eide, in seiner Küche könnte so etwas nicht geschehen. Auch der Wäschereidienst versicherte, die Bettlaken würden genauestens kontrolliert. Es sei völlig unmöglich, daß eins mit einem Brandloch herausgegeben worden sei. Der Etagendienst sagte das Gleiche.

An diesem Tag kündigte ein Fax Berthold Mainlohes baldiges Eintreffen im Schloßhotel an.

Gräfin Friederike geriet in einen hektischen Rausch, sich zu verschönern. Sie benahm sich wie ein junges Mädchen.

»Du nimmst es mir wirklich nicht übel, wenn ich seinen Heiratsantrag annehme?« fragte sie ihre Nichte ein ums andere Mal.

»Aber nein, Tante. Ich gönne dir dein Glück von Herzen. Aber sei dir nicht zu sicher. Vielleicht ist es ein Irrtum.«

»Du meinst, daß er es sich anders überlegt haben könnte? Daß Berthold so unbeständig ist?«

Bianca hatte nicht das Herz, ihre Tante, mit der sie im Salon im Westflügel sprach, deutlich aufzuklären. Daß nämlich ein Irrtum vorliegen könnte und Gräfin Friederike etwas falsch aufgefaßt hätte. Sie mußte ihre Erfahrung machen.

Fürst René erschien gegen Mittag im Büro des Hoteldirektors Stefan Geiger.

»Mein Telefon funktioniert schon den ganzen Tag nicht«, beschwerte er sich. Die Tür zum Nebenzimmer war angelehnt, und er wußte, daß Bianca seine Worte hörte. »Ich habe es der Zentrale gemeldet, man versprach, Abhilfe zu schaffen. Doch es geschah nichts.«

Stefan Geiger fuhr sich durch die braunen Locken und rief sofort den Hauselektriker an. Der behauptete, er habe die Störung behoben. »Dann geht es eben schon wieder nicht«, bemerkte Fürst René ungehalten.

Es wurde nachgeprüft, und es stimmte. Diesmal suchte der Hauselektriker, der auch Telefonspezialist war, vergeblich nach der Ursache des Schadens. Man rief bei der Firma an, die die Telefonanlage für das ganze Haus geliefert hatte, und bestellte den Störungsdienst.

Dieser kam und setzte nach längerem Durchmessen und Suchen eine neue Anschlußdose in der Fürstensuite. Am nächsten Tag funktionierten zwei der Apparate dort nicht. Abermals trat der Störungsdienst in Aktion. Danach war am Abend wieder ein Apparat defekt.

»Das geht nicht mit rechten Dingen zu«, sagte Bianca zu den Geschwistern Geiger. »Das ist wie verhext.«

»Kroningen ist Fürst, kein Voodoo-Priester«, bemerkte Lore.

Bianca konnte darüber nicht lachen. Die Vorfälle nervten sie. Einen Tag später funktionierten die Telefone in der Fürstensuite alle, wie René von Kroningen versicherte, als Bianca ihn anrief.

»Ausnahmsweise einmal gibt es im Schloßhotel keine Pannen«, sprach er. »Heute abend erscheine ich wieder zu Ihrem Vortrag über die Schlankheitsgymnastik und Trennkost.«

»Heute haben wir autogenes Training zur Motivierung des Unterbewußtseins, um sich die Figur zu erhalten. Und einige Aerobic-Übungen, die Sie kaum interessieren dürften, Durchlaucht.«

»Da irren Sie sich, Komteß, gerade diese Materie interessiert mich brennend. Was für Übungen? Isometrische? Ich kann ein paar spezielle Gymnastiken zu Ihrer Vortragsstunde beisteuern. Fitneß für Fortgeschrittene.«

Das fehlte noch, dachte Bianca. Er wird mich wieder unmöglich machen.

Mit leicht gepreßter Stimme entgegnete sie: »Wenn Sie kommen möchten, bitte. Jeder Teilnehmer ist gern gesehen.« Der eine beim Kommen, der andere beim Gehen. René von Kroningen zählte zur zweiten Kategorie.

Bianca bat Lore Geiger flehentlich, doch wenigstens einmal, einmal, die Vortragsstunde für sie zu übernehmen. Die Diplom-Sportlehrerin fiel leider aus, weil sie ein Kind erwartete und, wie sich herausgestellt hatte, eine Problemschwangerschaft hatte. Sie durfte sich keinesfalls anstrengen, um das Kind nicht zu verlieren. Schließlich schob Bianca den Sport-, Ski- und Reitlehrer vor, obwohl eigentlich eine Frau die Doppelstunde hätte geben sollen.

Nachdem diese beendet war, erfuhr sie, daß René von Kroningen dazu nicht erschienen war. Um 22 Uhr rief er wieder an und beschwerte sich bei der Komteß.

»Allmählich wird es mir peinlich, doch leider … Mein Fernseher ist gestört, er rauscht und flimmert. Und das Fenster klemmt …«

»Ich schicke sofort jemanden.« Bianca unterdrückte einen tiefen Seufzer. Sie legte den Hörer auf. »Womit habe ich das verdient?«

In seiner Suite schaute Fürst René, der passionierte Nichtraucher, die extra für diesen Zweck gekaufte Zigarettenpackung an. Er überlegte, ob er abermals ein Loch in die Bettwäsche brennen sollte.

*

René von Kroningens Fernseher war repariert, das Fenster gerichtet.

Auf Komteß Bianca hämmerten weitere Schläge ein. Ein Aushilfskellner hatte Trinkgeld unterschlagen, das alle abzuliefern und in eine gemeinsame Kasse zu geben hatten. Es wurde exakt geteilt, Bianca war für Gerechtigkeit.

Sie redete dem Aushilfskellner ins Gewissen. »Das war schon das zweite Mal, daß man Sie dabei ertappt hat. Bedenken Sie, Sie bestehlen Ihre Kollegen. Alle im Haus haben ihre Leistung zu bringen. Es gibt aber naturgemäß Tätigkeiten, bei denen mehr Trinkgelder abfallen. Den Wäscherinnen zum Beispiel gibt keiner etwas, und sie haben eine harte Arbeit. Da sehe ich nicht ein, daß sie leer ausgehen sollen.«

»Was wollen Sie denn mit Ihrem Gerechtigkeitsfimmel?« fragte der Bursche frech. »Sie brauchen kein Trinkgeld, Komteß. Aber ich will die paar Euro, die mir zugesteckt werden, für mich haben.«

»Und von den Trinkgeldern aus dem gemeinschaftlichen Topf partizipieren Sie auch noch. Da mache ich nicht mit. Sie sind fristlos entlassen.«

Der Aushilfskellner ballte die Faust in der Tasche. Soviel Härte hatte er von der Komteß nicht erwartet.

»Das wird Ihnen leid tun«, knurrte er.

An diesem Tag gab es eine weitere Katastrophe: Ein wertvoller Ring wurde im Hotel vermißt. Der Verdacht fiel auf den Aushilfskellner. Doch eine Durchsuchung seiner Sachen brachte den Ring nicht hervor. Bianca hörte, es seien noch andere glänzende Gegenstände verschwunden.

Zudem stand der Ball an, der zweimal im Monat stattfand. Die Saaldekoration war nicht aufzutreiben. Wer sie verräumt hatte und wohin, wußte niemand. Momentan lief einfach alles schief. Bianca behielt die Nerven. Wenigstens, dachte sie, hat René von Kroningen diesmal keine Kritik anbringen können.

Doch die Komteß hatte sich zu früh gefreut. Fürst René hatte sich im Schloßhotel ein Nachrichtennetz aufgebaut. Durch reichliche Trinkgelder, und weil ihm Hotelangestellte gefällig sein wollten, erfuhr er so ziemlich alles. Am Nachmittag stolzierte er in den Ballsaal, wo Bianca die Vorbereitungen für den Galaball überwachte. Die Dekoration fehlte immer noch. Wenn sie nicht auftauchte, würde man improvisieren müssen.

Fürst René kam gerade von einem Ausritt zurück. Er war wie der Teufel durch den dunstigen Novembertag galoppiert und hatte sein Pferd bergauf und bergab gejagt. Jetzt stand es schweißgebadet, vom Pferdeknecht abgerieben, mit zitternden Flanken und völlig erschöpft im Stall.

Fürst René wirkte so ausgeruht wie nach einem Nachmittagsschläfchen.

»Ich hörte so viel von den schönen Girlanden und dem geschmackvollen Wandschmuck«, sagte er mit falscher Freundlichkeit zu Bianca. »Wo sind denn die guten Stücke? Bis zum Beginn des Balls sind es nur noch wenige Stunden.«

»Die Dekoration wird zuletzt angebracht, Durchlaucht«, erwiderte Bianca förmlich. »Mit Schloß Kroningen können wir freilich nicht konkurrieren.«

»Oh, Sie geben sich Mühe, und es wird sicher ganz nett«, antwortete René auf eine Weise, die Bianca wieder einmal empörte. »Meine Familie hat übrigens mehrere Schlösser in ihrem Besitz. Sie meinen sicher das Stammschloß?«

»Natürlich.«

»Zu unseren Sommerbällen erscheint der Hochadel von ganz Europa. Darf ich Sie jetzt schon für die nächste Saison einladen, als meine Tischdame?«

Bianca wurde es schwindelig. Was war das jetzt wieder? Fürst René verwirrte sie jedesmal. Einen Mann wie ihn hatte sie noch niemals getroffen. Sie freute sich nur, daß sie seit ihrer Pubertät nicht mehr errötete.

»Vielen Dank für die Einladung«, flötete sie. »Wenn ich Zeit habe, komme ich.«

»Vorausgesetzt, daß Ihre Buchhaltung Sie nicht zu sehr mit Beschlag belegt, Komteß.«

Fürst René zwinkerte, doch so kurz, daß man nicht mit Sicherheit sagen konnte, ob er nun zwinkerte oder nicht. Er küßte Biancas Hand.

»Dann überlasse ich Sie Ihrer Arbeit. Mein Fernseher funktioniert übrigens immer noch nicht richtig.«

Bianca konnte nicht anders, als lächelnd zu antworten: »Schauen Sie aus dem Fenster, Durchlaucht. Genießen Sie unsere schöne Bergwelt. Das beruhigt die Nerven und ist viel angenehmer als jedes Fernsehprogramm.«

René lächelte zurück. Als er den Saal verlassen hatte, atmete Bianca mehrmals tief durch. Nicht aufregen, Bianca, redete sie sich selber zu. Dann sagte sie zwanzig Mal hintereinander leise im Geist: Heu-wä-gel-chen. Das war ein alter Trick, um sich zu beruhigen. Ihr Großvater hatte ihn ihr verraten.

In Bianca von Falkensteyn regte sich ein Verdacht, was den Fernseher des Fürsten René und die anderen Pannen in seiner Suite betraf. Das war einfach nicht normal.

Es konnte nicht sein, daß Geräte bei ihm dauernd ausfielen oder gestört waren. Bianca beschloß, dem Verdacht nachzugehen. Dir komme ich noch auf die Schliche, Freundchen oder vielmehr Fürstchen, dachte sie. Und dann werden wir uns einmal unterhalten. In dem Moment stürzte der Chefportier herein.

»Die Dekoration ist aufgetaucht, Komteß. Irgendein Rindv... Verzeihung, irgendein Tölpel hat sie im hintersten Kellerraum abgelegt und eine Plane darüber gedeckt. Natürlich will es mal wieder keiner gewesen sein.«

Bianca atmete auf. Hauptsache, die Dekoration ist da, dachte sie. Der Ball kann im gewohnten Rahmen stattfinden.

Berthold Mainlohe, der ebenso stattliche wie gerissene Finanzier, wollte sich das große Ereignis nicht entgehen lassen. Er traf noch rechtzeitig vor Beginn des Galaballs ein, dessen Lichtschimmer bereits festlich das Schloßhotel erleuchtete. Die Kapelle stimmte im Ballsaal bereits ihre Instrumente.

Mainlohe entstieg seiner Limousine wie ein Sieger. Er hatte seine Geschäfte erfolgreich abgeschlossen. Jetzt wollte er einen viel größeren Gewinn für sich verbuchen, nämlich Bianca von Falkensteyns

Herz und Hand gewinnen. Von Gräfin Friederike erhoffte er sich den entscheidenden Rat und Beistand. Deshalb forderte er sie auch, als der Ball begann, gleich zum ersten Tanz auf.

Bianca von Falkensteyn und René von Kroningen hatten den Ball mit einem Walzer eröffnet, dem sich nach einer Weile, die sie allein übers Parkett schwebten, die anderen Paare anschlossen. Bianca, obwohl zornig auf René, hatte es nicht über sich gebracht, ihn abzuweisen, als er sie um den Eröffnungstanz bat. Es wäre ein Affront und Skandal gewesen.

Bianca war fest entschlossen, während des Tanzes kein Wort mit Fürst René zu reden. Doch er brachte sie mit witzigen Bemerkungen über einige Ballgäste zum Lachen.

»Hören Sie auf, Durchlaucht, sonst komme ich aus dem Takt.«

»Kein Problem, ich führe Sie sicher. Verlassen Sie sich nur auf mich. Sie sind die Königin dieses Balles – und die Schönste.«

»Danke, Durchlaucht.«

»Vergessen Sie, bitte, endlich die Durchlaucht, Bianca.«

Er sprach ihren Namen aus wie ein Gedicht. Bianca hätte ewig mit ihm so weitertanzen können. Es war ein traumhafter Walzer. Bianca glaubte, über eine Blumenwiese zu fliegen. Sie strahlte und lächelte.

Berthold Mainlohe bat in der Tanzpause Gräfin Friederike in den Wandelgang. Mit dem Champagnerkelch in der Hand schlenderten sie auf dem dicken Teppich. Die Gräfin schaute Mainlohe zärtlich an.

»Du wolltest mich etwas fragen, Berthold?«

»Ja.«

»Die Antwort ist – Ja. Ich bin bereit, dich zu heiraten, Liebster. Ich habe es lange und gründlich überlegt.«

»Wie?« fragte der völlig verblüffte Finanzmagnat. »Aber warum sollte ich denn Sie ...« Jetzt ging ihm ein Licht auf. »Gnädigste, Sie müssen mich völlig mißverstanden haben bei unserem Bergspaziergang. Nicht Ihnen galt mein Interesse, sondern Ihrer Nichte, Komteß Bianca. Ich bedauere aufrichtig, wenn Sie sich angesprochen fühlten. Das war nicht meine Absicht.«

Gräfin Friederike ging Arm in Arm mit ihm. Abrupt ließ sie ihn los. Allmählich, ganz langsam, begriff sie, was er gesagt hatte. Ein Traum von ihr zerbrach.

»Sie ... wollen ... mich nicht? Aber ...« Friederike von Falkensteyn alterte von einer Sekunde zur anderen um Jahre. Sie fühlte sich nutzlos, häßlich und alt, gedemütigt und unsagbar traurig und krank. »Entschuldigen Sie mich bitte, Herr Mainlohe«, sagte sie leise. »Oder ... würden Sie mich hinüber zum Westflügel begleiten? Ich möchte allein sein.«

Gräfin Friederike wollte niemanden sehen und hören. Sie mußte sich hinlegen. Aufgeblüht war sie, jetzt war alles verwelkt, wie Blumen in einem Grab.

Mainlohe besaß Charakter und Anstand genug, um ihr seinen Arm zu bieten. Gräfin Friederike fürchtete, einen Schwächeanfall zu erleiden. Mainlohe führte sie durch das Schloß. Vor der Treppe, die ins Dachgeschoß zu ihren Räumen führte, verabschiedete die Gräfin sich.

»Sie sprechen zu niemanden darüber?« fragte sie knapp.

»Warum sollte ich? Ich hoffte, von Ihnen einen Hinweis und Hilfe für mein Werben um …«

»Schweigen Sie.«

Mainlohe verstummte. Friederike von Falkensteyn stieg in steifer Haltung und mit kerzengeradem Rücken die Treppe hoch. Die Tür fiel hinter ihr zu. Drinnen angelangt, mußte die Gräfin sich an einer Sessellehne festhalten. Sonst wäre sie zusammengebrochen.

Aus der Traum, dachte sie und wagte nicht, sich im Spiegel anzusehen. Ich habe mich zu einer Närrin gemacht. Vielleicht erleide ich heute nacht einen Herzschlag. Das würde mich freuen.

Undeutlich hörte sie die Musik von dem festlichen Ball. Lange saß sie schweigend da, ohne Licht in der Dunkelheit, bis sie die Energie aufbrachte, sich auszuziehen. Als sie sich abschminkte, fing sie plötzlich zu weinen an.

Berthold Mainlohe konnte nichts dazu, daß sie sich getäuscht hatte. Niemand konnte etwas dazu, nur sie selbst, weil sie immer noch Hoffnungen und ein fühlendes, liebeshungriges Herz gehabt hatte.

»Du bist ein dummes, altes, spätes Mädchen«, sagte sie zu ihrem Spiegelbild, »und außerdem eine Närrin.«

Die Illusion war dahin, es schmerzte sie sehr. Oft brauchte der Mensch den Schein und die Selbsttäuschung, um überleben zu können. Das Gleiche, was sie zu ihrem Spiegelbild gesagt hatte, sagte Friederike von Falkensteyn zu ihrer Nichte, die sie eine Stunde später aufsuchte. Bianca hatte die Tante beim Ball vermißt und sich nach ihr erkundigt. Als sie sie nirgends fand, war sie zu ihren Räumen gegangen und hatte dort hartnäckig geklopft, bis die Gräfin antwortete, im Hausmantel und ohne Make-up.

»Er will dich heiraten«, sagte sie knapp. »Ich habe ihn mißverstanden. Ich kann mich nirgends mehr zeigen. Alle werden mich auslachen und verspotten.«

»Niemand wird das, Tante Friederike, denn niemand soll es erfahren. Die Handvoll Menschen, die darüber Bescheid weiß, schweigt. Auch Berthold Mainlohe. Er ist kein besonders guter Mensch, aber so gemein ist er nicht. Jeder irrt sich einmal.«

»Aber so kraß. Nein, nein, nein. Das überlebe ich nicht. Ich sterbe vor Scham.«

»Ja, warum denn, wozu? Was ist denn geschehen, außer daß du dir ein paar Tage Hoffnungen und Illusionen gemacht hast, die sich nicht erfüllten? Denkst du, davon geht die Welt unter?«

Friederike schaute ihrer Nichte in die grünen Augen.

»Wie grausam du bist – und wie jung«, sagte sie. »Auf diese Weise wirst du nie verletzt. – Bianca, bitte, laß mich hier einfach allein im Dunkeln sitzen und ein wenig weinen. Ist das zuviel verlangt? Ich weiß selbst, daß ich töricht bin. Aber soll ich das nicht?«

Bianca umarmte und küßte sie.

»Du kannst so töricht sein, wie du willst, liebe Tante. Ich setze mich zehn Minuten schweigend neben dich. Dann gehe ich zurück zum Ball. Später sehe ich noch einmal nach dir.«

Als Bianca um ein Uhr wiederkam, schlief ihre Tante. Sie hatte ein leichtes Schlafmittel genommen. Obwohl es eigentlich nicht sein konnte, schien das Grau durch ihr gefärbtes Haar durchzuschimmern. Bianca kehrte zum Ball zurück und stellte Berthold Mainlohe zur Rede.

Dort, wo ein schmaler Gang vom Wandelgang nach rechts in den Ostflügel führte, standen sie ganz allein. Mainlohe bestritt, sich bei Gräfin Friederike mißverständlich ausgedrückt zu haben.

»Bei ihr ist wohl der Wunsch der Vater des Gedankens gewesen«, sagte er. Dann sah er sie flehend an. »Bianca, ich liebe dich. Willst du meine Frau werden? Die Welt lege ich dir zu Füßen. Ich bin reich, viel reicher, als du dir vorstellen kannst. Wir beide zusammen wären ein herrliches Paar. Graf Berthold und Gräfin Bianca. Das klingt wie Musik.«

»Es ist nicht meine Art von Musik, Berthold. Ich bedauere, der Antrag ehrt mich, doch leider muß ich ihn ablehnen. Ich kann für Sie nichts empfinden und möchte, wenn ich heirate, einen Mann, der höchstens dreißig ist.«

Mainlohes Augen verengten sich. Er zögerte. Die kühle Antwort war für ihn wie ein Schock. Doch dann faßte er sich. Zupacken, auch wenn die Situation aussichtslos schien, war immer seine Stärke gewesen.

»Das meinst du nicht ernst. Du kennst mich nicht, Bianca. Überleg dir das gut. Berthold Mainlohe weist man nicht ab. Ich könnte dich ruinieren. Meine Anwälte haben Verträge aufgesetzt, die den Hotelbetrieb und auch die Besitzverhältnisse von Schloß Falkensteyn regeln. Wenn ich will, gehört Falkensteyn mir, ob mit oder ohne Grafentitel.«

Bianca zuckte zurück.

»Du drohst mir?« fragte sie und berichtigte sich gleich. »Sie wagen es, mir zu drohen? Ich bin die Herrin von Falkensteyn, und das bleibe ich.«

»Nur wenn du mich heiratest.«

»Nie.«

Mainlohe tat etwas, was Bianca nicht erwartet hatte. Er riß sie an sich und küßte sie. Die Komteß war so überrascht, daß sie zunächst steif und reglos in seinen Armen blieb. Mainlohe hatte Bärenkräfte. Er preßte die Lippen auf Biancas Mund und drückte sie an sich, daß sie keine Luft mehr bekam. Seine Lippen wanderten zu ihrem Hals, der schwanengleich aus den schönen Schultern wuchs. Das Ballkleid ließ sie frei.

Bianca bot alle Kraft auf und riß sich los. Ihre Hand flog hoch. Es klatschte schallend, und Mainlohe hatte eine saftige Ohrfeige weg. Komteß Bianca schrieb eine gute »Handschrift«. Alle fünf Finger zeichneten sich auf der Wange des massigen Mannes mit dem Drei-Tage-Bart ab.

»Wagen Sie es nicht noch einmal, mich anzufassen! Gehen Sie mir aus den Augen. Und merken Sie sich, Sie haben Hausverbot. Morgen reisen Sie ab.«

Mainlohe grinste nur.

»Komteß«, sagte er spöttisch. »Sie können jeden hier rauswerfen, aber mich nicht. Mir gehört dieses Schloß nämlich. Wenn jemand geht, dann sind Sie es. Ich kenne genügend Tricks und Schliche, und meine Anwälte bringen sie in die Verträge, wie ich es haben will. Glauben Sie mir.«

In seinen Augen und an seinem Gesichtsausdruck erkannte Bianca, daß er recht hatte.

Mainlohe sagte: »Ihre Hand, Komteß, oder Schloß Falkensteyn. Überlegen Sie nur in aller Ruhe, was dieses Schloß Ihrer Väter Ihnen wert ist.«

»Da gibt es für mich nichts zu überlegen, Herr Mainlohe. Ich habe Ihren Antrag abgelehnt, zum zweiten Mal schon, und ich bleibe dabei.«

Mainlohe versuchte noch einmal zu argumentieren.

»Sie werden ein herrliches Leben führen können, an meiner Seite. Ich erfülle Ihnen alle Wünsche, Komteß.«

»Im Moment habe ich nur einen, Sie nicht mehr sehen zu müssen.«

Mainlohe verbeugte sich knapp und ging. Obwohl ihr nicht danach war, kehrte Bianca in den Ballsaal zurück. Fürst René forderte sie kurz darauf zum Tanzen auf. Zuerst lehnte Bianca ab. Doch René ließ sich nicht abweisen.

»Sind Sie die Ballkönigin oder nicht?« fragte er. »Haltung, Komteß. Wo bleibt denn die Contenance der Falkensteyns? Tanzen Sie, strahlen Sie, seien Sie schön. Es gab Menschen, die sogar beim Untergang der Titanic noch getanzt haben, weil es für sie keine Rettung gab, und sie noch ein paar letzte schöne

Augenblicke genießen wollten. Diese Haltung hat mir immer gefallen.«

Er war ein seltsamer Mann. Wußte oder ahnte er etwas? Bianca schaute in seine Augen und folgte ihm auf die Tanzfläche. Ihre Körper schienen miteinander zu verschmelzen. Es war ein Gleichklang und eine Harmonie zwischen ihnen. Sie tanzten noch, als die Kapelle schon aufgehört hatte zu spielen.

Später, im Wandelgang hinter einer Säule, küßte René die schöne Komteß. Sie schmiegte sich an ihn. Schauer durchrieselten sie, und sie vergaß alles. Es war einer der Augenblicke, von denen der Dichter geschrieben hatte: Verweile doch, du bist so schön.

In dieser Nacht brannte es im Schloß Falkensteyn. Defekte Kabel verursachten das Feuer im Westflügel. Durch das rasche, energische Eingreifen der Komteß Bianca mit dem Feuerlöscher konnte der Brand eingedämmt und größerer Schaden vermieden werden. Beherzte Männer und die Feuerwehr erledigten den Rest.

Bianca mußte mit einer Rauchvergiftung ins Krankenhaus, wo sie drei Tage blieb. Fürst René besuchte sie jeden Tag und brachte riesige Blumensträuße.

Während der Zeit verschwanden weitere Schmuckstücke im Schloßhotel. War der Hochstapler und Hoteldieb doch dort erschienen?

*

Mainlohe war nach München gefahren, um seine Anwälte auf Komteß Bianca anzusetzen. Vorher hatte er noch einen Termin bei dem Hoteldirektor Stefan Geiger angemeldet.

»Zur Klärung grundlegender Dinge«, sagte er mit einem gefährlichen Unterton in der Stimme. »Ja, sobald die Komteß wieder gesund ist. Baldmöglichst.«

»Der Schuft läßt Bianca nicht einmal ein paar Tage Zeit, um sich zu erholen«, sagte Stefan zu seiner Schwester Lore. »Er hat sich als ein ganz mieser Typ entpuppt.«

»Mies, reich und rücksichtslos«, sagte Lore. »Gegen ihn werden wir einen schweren Stand haben.«

Zahlreiche Gäste waren abgereist. Der Brand und die Schmuckdiebstähle wirkten sich negativ auf die Belegung des Schloßhotels aus.

Als Bianca zurückkehrte, war auch Fürst René weg. Dringende Geschäfte hätten ihn abberufen, ließ er ihr ausrichten. Daraufhin ließ Bianca als erstes den Fernseher in der Fürstensuite und die Elektroinstallation im Schloßhotel überprüfen. Wie sich herausstellte, hatte Fürst René mit viel Geschick und technischem Sachverstand an seinem Fernseher herumgebastelt.

Dadurch waren die Störungen hervorgerufen worden, die er dann jeweils bemängelt hatte.

»Bestimmt hat er auch dafür gesorgt, daß die Telefone ausfielen und die Löcher ins Bettuch gebrannt«, sagte Bianca zu Stefan und Lore. »Alles nur, um mich zu ärgern. Jetzt ist er weg und läßt nichts von sich hören. Äußerst seltsam.«

Es versetzte ihr einen Stich, wenn sie daran dachte, wie sie sich geküßt und von Liebe gesprochen hatten. Sie verstand Renés Verhalten nicht.

Die Ursache des Kabelbrandes, der zu einer Katastrophe hätte führen können, klärte sich auf, als Bianca mit ihren Nachforschungen nicht locker ließ. Sie fand eine Zeugin, nämlich ein Zimmermädchen, das etwas beobachtet hatte.

Nämlich den von ihr – Bianca – fristlos entlassenen Aushilfskellner, der an den Kabeln herumgebastelt hatte. So also war der Kurzschluß entstanden.

»Warum haben Sie Ihre Aussage nicht früher bei mir oder der Polizei gemacht?« fragte Bianca.

»Der junge Mann ist mein Halbbruder«, erklärte das Mädchen leise. »Ich ... ich wollte nicht, daß er ins Gefängnis kommt. Schließlich ist ja kein Mensch zu Schaden gekommen.«

»Zu körperlichem nicht, aber zu finanziellem. Es ist nicht das Verdienst Ihres Halbbruders, daß nichts Schlimmeres geschah. Aber reden wir nicht darüber. Ich kann Ihre Beweggründe verstehen. Jetzt haben Sie ja gesprochen. Sie können Ihre Stelle behalten. Doch Ihr Bruder wird sich verantworten müssen.«

Der junge Mann wurde in Berchtesgaden verhaftet, wo er wieder eine Stelle angetreten hatte.

Bianca entlarvte auch den Schmuckdieb – vielmehr war es eine Diebin. Eine Elster nämlich, die durch die offenen Fenster hereinflatterte und sich glänzende Gegenstände holte. In ihrem Nest wurde alles Vermißte gefunden.

Dann sollten sowohl Fürst René als auch Berthold Mainlohe mit seinen Anwälten eintreffen. Bianca hatte die Verträge von Fachjuristen prüfen lassen und wußte, daß ihr ein hartes Gefecht bevorstand.

Eigentlich konnte sie nicht gewinnen, aber nachgeben würde sie nicht. Ihre Tante bot ihr an, ihren Schmuck zu verkaufen.

»Danke, Tante Friederike, aber das nutzt uns nichts. Bei den Summen, die gebraucht werden, wenn Mainlohe seine Kredite kündigt und alles zurückfordert, reicht der Erlös für deinen Schmuck bei weitem nicht.«

»Leider«, seufzte Gräfin Friederike.

Eine Laune des Schicksals wollte es, daß Fürst René und Berthold Mainlohe gleichzeitig eintrafen. Mainlohes Limousine, gefolgt von einem zweiten Wagen, in dem seine Anwälte und sein Buchhalter saßen, hielt zuerst an der breiten Freitreppe. Die Aktenkofferträger betraten das Schloßhotel. Ihre Mienen waren eisig. Bianca bat sie ins Konferenzzimmer.

Sie wollte zuerst Fürst René begrüßen. Er war wieder selbst gefahren und öffnete den Wagenschlag für eine bildschöne dunkelblonde Frau. Sie hängte sich bei ihm ein. Er küßte sie auf die Wange. Biancas Herz setzte einen Schlag aus. Wie es aussah, handelte es sich bei den beiden um ein Liebespaar. Sie waren sehr vertraut miteinander.

Bianca wollte flüchten. Doch dann sagte sie sich, daß sie diese Situation meistern mußte. Vor allem mußte sie wissen, was René beabsichtigte und weshalb er diese Frau herbrachte. Der Fürst strahlte die schwarzhaarige Komteß an.

»Liebling«, sagte er, »darf ich dir meine Schwester Gisèle vorstellen? Sie ist verheiratet und heißt di Laruzzi mit Nachnamen. Sie will ein paar Tage im Schloßhotel Falkensteyn wohnen.«

»René hat mir soviel von Ihnen und dem Schloßhotel erzählt, daß ich unbedingt herkommen wollte«, sagte die modisch gekleidete junge Frau freundlich.

René drückte ihren Arm.

»Trag dich allein ein, Gisèle. Wir haben eine Unterredung mit diesem Mainlohe und seinen Rechtsverdrehern zu führen. Bianca, ich weiß Bescheid. Zwei Anlässe führen mich heute her. Erstens will ich um deine Hand anhalten. Zweitens werde ich Mainlohe ein für allemal aus dem Schloß und zum Teufel jagen. Das Finanzielle regele ich mit ihm, und zwar zu unserem Vorteil. Du bist nicht allein, Bianca, mein Herz.«

Komteß Bianca konnte kaum glauben, was sie da hörte. Sie sank an Renés Brust, und es war ihr gleich, daß sie in der Hotelhalle standen und sie, als Chefin, eigentlich ein anderes Benehmen hätte zeigen sollen. Es war ein Augenblick, der solche Überlegungen vergessen ließ.

»Willst du mich heiraten?« fragte René selig.

»Ja, Liebster, ja.«

»Aber nur unter einer Bedingung.«

»Die wäre?«

»Du gibst die Leitung des Schloßhotels auf und lebst mit mir, die meiste Zeit jedenfalls, als Fürstin Kroningen. Das Schloßhotel Falkensteyn wird wieder aufleben, jetzt, da alles geklärt ist und feststeht, daß hier weder Brände noch Diebstähle drohen.«

Bianca lächelte.

»Eins«, sagte sie, »kann noch immer die Gäste vergraulen. Hier verkehrt nämlich ein Fürst, der

Fernseher und Telefone stört, die Bettücher anbrennt, meinen Koch besticht, eine angebrannte Forelle zu servieren, und manchen anderen Schabernack treibt. Ein Unfürst. Und das alles nur, weil er mit einer Frau, die er liebte, Kontakt aufnehmen und ihre Aufmerksamkeit auf sich lenken wollte.«

»Das«, widersprach René, »ist nicht wahr. Ein Punkt stimmt absolut nicht. Du hast liebte gesagt. Er liebt sie immer noch, und er wird sie immer lieben. Bianca, du bist mein Herz und mein Leben. – Komm, gib mir deine Hand. Jetzt werden wir's Mainlohe zeigen, und dann feiern wir unsere Verlobung ganz groß. Den entsprechenden Rahmen und die besten Möglichkeiten dazu haben wir hier.«

Das Hotelpersonal, das zugesehen hatte, klatschte heftig Beifall.

Vier Minuten später verließ Berthold Mainlohe mit wütender Miene das Schloßhotel. Länger hatte Fürst René nicht gebraucht, um mit ihm fertig zu werden. Er wurde nie wieder im Schloß gesehen.